KB028444

나를 위해 떤다

나를 위해 뛴다

유준상

수오서재

들어가며

뮤지컬 〈그날들〉 10주년 공연을 하고 있다. 첫 공을 올린 것이 아직 눈에 선한데 어느덧 10주년이다. 세월이 흐르는 것을 막을 순 없다. 큰아이는 얼마 전 군대를 갔고 둘째도 제법 많이 컸다. 아이들의 엄마인 은희 님도 나이를 먹었을 텐데 그래도 아직 많이 젊어 보인다. 나는 늙는 것을 두려워하며 하루하루를 열심히 보내고 있다.

스무 살 이후 지금까지 배우일지와 공연일지를 쓰고 있다. 분실한 일지들도 있지만 세어 보니 모두 서른대여섯 권의 노트가 남았다. 일지는 모두 지금, 이 순간을 담은 것이다. 여행을 하면서, 공연을 하면서, 일상을 살아가며 순간순간 나를 찾아오는 마음을 기록해왔다. 몇 줄의 짧은 문장이 되기도 하고 기나긴 글을 적기도 한다. 때로는 시나 가사를 쓰거나 그림도 그린다. 순간의 고민, 느낌, 각오, 단상, 깨달음…. 공연일지도 매 회차가 끝나자마자 바로 쓰거나 매 회차가 시작되기 직전에 쓴다. 그래서 나의 일지에는 찰나의 응축된 마음들이 고스란히 담겨 있다.

책으로 엮기 위해 그간의 기록을 다시 넘겨보았다. '매번 절심함으로 무대에 올랐구나.' 시련과 행복을 동시에 선사하는 무대에서 나는 진정으로 살아 있음을 느낀다. 공연을 한다는 것은 약속을 지키고 화합을 배우고 나를 단련하는 것이다. 그렇게 이겨내야 한다는 다짐을 30년째 이어오고 있다. 허나 이겨내기 전까지 가늠할 수 없어 나를 채찍질한다. 오늘 이겨냈다고 내일도 이긴다 장담할 수 없으니 또 담금질한다. 하루하루 정직하게 쌓아온 세월이 벌써 50 중반이다. 믿기지 않는다. 나는 오늘도 이겨내는 훈련을 한다. 부디 내 노력의 몸부림이 관객들에게 닿길 바란다.

'나'라는 한 그루의 나무를 심고 오랜 세월 그 나무가 잘 자라기를 마음 졸이며 노력해왔다. 일지는 내가 배우로서, 인간으로서 더 잘 살 수 있도록 해준 자양분이다. 좋은 나무가 되고 싶다. 지친 이들에겐 그늘을 내어주고 흔들리는 이들에겐 버팀목이 되어주고 싶다. 당분간 나이에 대한 생각은 잊으려 한다. 크게 도움이 되지는 않지만 나이가 주는 힘이 또 있어 외롭지는 않다. '웃으면서 밝게 무대에 올라가야지!' 다짐하며 오늘도 나를 응원해본다.

살다 보면 잡히지 않는 것들이 너무 많다. 내 뜻대로 되지 않아 실망하는 날들도 많다. 뇌가 푹 꺼지는 것 같은 날들 말이다. 그러다 문득 내가 쓴 일지를 보거나 노트를 펼쳐 글을 쓰면 새로운 마음이 잡힌다. '그래, 일어서야지, 다시 나를 위해 마음을 다잡아야지.' 그렇게 끊임없이 무와 유를 오고간다. 그리고 나에게 말을 건넨다. 그 누구도 아닌 나를 위해 뛰라고. 내게 힘이 되었던 이 글들이 모쪼록 무더운 여름을 지나 가을로 향하는 계절의 비처럼 잠시나마 당신의 마음에 스며들기를 바란다.

각자의 자리에서 지금도 뛰고 있는 여러분을 응원하며

유준상

어느덧 아름다운 나이가 되었다.

일러두기

영화를 구성하는 하나의 단위를 뜻하는 신^scene의 외래어 표기법은 '신'이지만 이 책에서는 현장에서 사용하는 말의 맛을 살려 '씬'으로 표기하였습니다.

차례

1.
내가 모르는 너무 많은 것들이 존재한다 ———

2.
더운 마음 ────────

3.
고난이여, 내게 와라 ────────

1.

내가 모르는

너무 많은 것들이 존재한다

지금이라도 알아서 얼마나 다행이니

10년도 더 지난 일이다. 드라마 〈넝쿨째 굴러온 당신〉을 할 때 윤여정 선생님을 처음 만났다. 그때 선생님께 이런 말을 했다.
"선생님, 저 열심히 하겠습니다."
"아휴~ 쟤는 맨날. 애, 누가 요즘 열심히 안 하니? 다 열심히 하지."
"네, 그래도 열심히 하겠습니다. 선생님도 열심히 하시잖아요."
"그래, 알았다, 알았어."

맞다. 사람들은 모두 열심히 산다. 누구든 다 애쓰고 있다. 중요한 건 애쓰는 걸 알아주는 거다.
"애쓰는구나. 고생 많다. 힘내자, 같이 힘내자!"
함께하는 사람들에게 인사하면서 나에게도 말한다.
"이건 내가 선택한 내 일이야. 준상아, 기운 내!"
배우는 내가 택한 직업이다. 누구나 마찬가지겠지만 일은 누가 대신 해줄 수 있는 것이 아니라서 이왕 하는 거 더 잘하고 싶고 오래하고 싶다. 그동안 더 잘할 수 있었는데 너무 못한 것이 많아서 '이제부터라도 잘하면 되지' 하며 맨날 깨닫는다. 맨날 깨닫고, 또 깨달았다고 얘기하고 그다음에 '아, 깨달은 게 아니었네'

하고 깨닫고, '아! 이거구나' 했는데 그게 또 아니었고. 깨달았다고 말하면서도 알고 있다, 섣부른 말이라는 것을. 그런데 "나 지금 알았어. 하나 깨달았어" 말함으로써 한 번 더 기억한다.

가까운 지인들과 아내는 내게 말한다.

"맨날 알아~. 맨날 깨달아~."

그만큼 자주 깨닫는다. 그런데도 말하는 까닭은 잊어버리지 않기 위해서다. "내가 그때 얘기했던 게 뭐지?"라고 물어보면 기억하고 있는 사람이 대신 말해준다. "아, 맞아, 그랬지! 그런데 오늘, 마침, 드디어, 또, 깨달았어"의 반복이다.

깨달음은 거창하지 않다. 일상 속에서 툭 튀어나오는 생활 밀착형이다. 소박하다. 가령 이런 식이다. 길을 걷다가 바람이 불면 잠깐 서서 바람을 맞이한다. '아, 바람이다' 하며 잠시 멈춤을 깨닫는다. 집에서 코에 소리를 거는 훈련을 하다가 어느 순간 딱 걸렸을 때 "걸렸어! 코에 소리를 거는 법을 터득했어!" 하고 깨닫는다. 소리는 한 번 건다고 계속 걸려 있지 않아서 반복적으로 연습해야 한다는 걸 곧 다시 깨닫는다. 공연장에서 발성 연습을 하면서 캐릭터에 맞는 소리의 질감을 찾는 것이 얼마나 중요한지 깨닫는다. 따져보면 이렇게 깨달은 게 한 200개 정도 되는 것 같다. 그리고 어느 순간부터 모여진 깨달음이 퍼즐처럼 하나둘 맞춰진다. 그게 또 정말 재밌다.

재밌는데 고통스럽다. 너무 고통스러운데 고통스럽다고 생각하는 순간 연기를 못 할 것 같은 두려움이 다가온다. 그럴 때면 자연을 찾아 걷는다. 촬영장이든 어디든 가는 곳마다 그 동네를 걷는다. 걸으면서 질문한다.

'고통스러운데 이걸 왜 하니?'

걷다가 하늘 한번 보고, 걷다가 바람을 만나고, 걷다가 길가의 꽃에게 "안녕" 인사하고, 걷다가 마을 입구를 지키고 있는 할아버지 나무 아래에서 잠시 쉬고, 걷다가 대답한다.

'지금이 너무 소중한데 뭐가 문제야. 안 되는 건 안 되는 거지. 다시 해, 준상아! 뭐 그걸 가지고 고민하니!'

좋은 마음이 지속되는 시간은 너무 짧다. 단 5분, 10분만이라도 유지된다면 좋을 텐데 하루 안에 느끼는 감정의 증폭이 너무 크다. 가령 나도 대본을 받고 미팅까지 한 드라마인데 다른 사람이 주인공을 하고 있으면 '저 사람이 저걸 하네. 내가 했어야 되는데…' 하면서 자존심이 상한다. 그럴 때면 답은 하나다. 나가서 또 걷는다. 동네 뒷산을 걷다가 이내 그건 그 사람의 삶이고, 나는 내 삶이 있다는 걸 인정한다. '준상아, 지금 할 만큼 하고 있어. 너 지금 이렇게 걷고, 얼마나 행복해' 다독이면서.

깨달을 때면 생각한다.
'진작 알았다면 무대에서 훨씬 잘할 수 있었을 텐데…. 관객들에게 더 좋은 모습을 보여줄 수 있었을 텐데….'
이런 생각을 매번 한다. 역시나 깨달음의 연속이다. 최근엔 이런 말을 했다.
"요즘 이걸 깨달았어. '해낸다'는 마음이 아닌 '다가간다'는 마음으로 대해야 한다는 것."
그러면서 마지막 말은 이거다.
"지금이라도 알아서 얼마나 다행이니."
맞아. 지금이라도 알아서 다행이다.

부끄러움

부끄러움을 모른다는 건 얼마나 부끄러운 일인가. 나이가 들수록 삶이 완성될수록 더 견고하게 스스로를 방어하는 틀을 만든다. 그 안에 분명하게 존재할 나의 부족함과 불완전함을 메워나가야 할 것이다.

그리고 잘못을 인정하는 것. 이것 또한 앞으로의 내 삶을 더 풍성하게 만들어줄 것임에 틀림없다. 나이 들어가는 것이 전부는 아니다.

끊임없이, 변함없이 묻는다

태양이 선명하다. 그 주위는 뿌옇다. 나는 굽어가는 허리를 일으켜 세우며 몸을 편다. 그러는 사이에 시간이 지났다.

달이 오는구나.

나라고 시간을 바쁘게만 써버리길 바랐겠는가. 흩어지고 흘러가기를 바랐겠는가. 뛰는 심장을 부여잡고 한탄을 해본다. 그래, 누가 누굴 탓할까. 시간의 지나감을 탓할까. 다시 되돌아가 물어도 변하는 것 하나 없을 것 같아 안타까움이 크다. 막말을 해대는 그 나이가 부끄럽지 않은가. 고개를 숙이는 걸 잊었는가. 나도 그리 될까, 못된 마음이 될까. 걱정, 또 걱정이 스며든다. 한가로움이 무엇인지, 여유가 무엇인지 점점 잊어가는 건 아닐까.

스스로에게 묻고 또 묻는다. 나는 어디에서 출발하였고, 어떤 뜻을 품고 있는지, 뜻을 어떻게 풀어가고, 어떻게 삶에 반영할 것인지 끊임없이 묻는다. 마음의 빈번과 싸워야 한다. 나이 듦에 대한 신비로움과 맞서야 한다. 부끄럽지 않게 나이를 맞이하기 위해 오늘도 힘든 몸을 이끌고 지친 영혼을 달랜다. 나를 깨우친다. 변함없이 열정적이어라. 그게 무엇이 되든 간에.

화두

"말을 해. 배우는 말을 해야 돼."

대학교 1학년 연기 수업 시간. 지도 교수셨던 안민수 교수님은 수업 시간마다 말씀하셨다.

"교수님, 지금 말하고 있는데 도대체 무슨 말을 하라는 건가요?"

도무지 모르겠다는 학생들의 반응에 교수님께서 말씀하셨다.

"20년 후 혹은 40년 후에 '말을 해' 이 한 마디가 너희들에게 다르게 인식될 거다."

무슨 말인지 까마득하게 모르고 있다가 10년이 지난 어느 날, '말을 해. 아, 발음을 꼭꼭 씹어서 한 호흡으로 내뱉는 거였어.' 또 몇 년이 지난 어느 날, '아! 생각을 또박또박 씹어서 말하는 거였어.' 또 몇 년이 지난 어느 날, '아, 노래도 말이다. 노래는 말처럼, 말은 노래처럼 해야 돼.'

'말을 해.'

이 화두는 교수님의 말씀대로 시간이 지나면서 다르게 인식되고 있다. 30년이 지난 지금도 여전히 내게 유효하다.

마흔 중반을 넘기면서 새해가 시작할 때마다 화두를 던지는 습관이 생겼다. 배우일지 첫 장에 항상 그 해의 화두를 쓴다.

2014년의 화두: 주어진 삶에 최선을 다하자, 그리고 실천하자

2015년의 화두: 자연스럽게, 자유롭게 맞서자

2016년의 화두: 용기 있게 살아가자

2017년의 화두: 나의 가능성을 더 열어두자

2018년의 화두: 나를 믿고 내가 하는 것에 믿음을 갖자

2019년의 화두: 네 꿈을 펼쳐라

2020년의 화두: 비우듯, 비우듯, 비우길…

2021년의 화두: 삶을 배운다

2022년의 화두: 나를 위해 뛰어!

2023년의 화두: 정신 차려

아마도 나이 50을 준비하면서 갖게 된 습관 같다. 사랑하는 나의 아버지는 50세가 되시던 해 갑자기 돌아가셨다. 당시 나는 대학생이었고 열심히 배우 훈련을 하고 있었다. 돌연 가장이 된 나는

보다 더 치열하게 살 수밖에 없었다. 한순간도 아빠를 잊은 적이 없다. 아빠는 분명히 나를 지켜보고, 지켜주고 계시니까. 그래서 나에게 50은 큰 숙제 같은 숫자였다. 50을 잘 맞이하고 싶었다. 그 노력의 일례로 매년 화두를 내게 던진다.

화두는 삶의 어느 순간 불현듯 찾아온다. 2014년에 나와 스무 살 나이 차이가 나는 기타리스트 이준화와 함께 'Jnjoy 20(제이 앤조이20)'라는 팀을 만들었다. 주로 여행을 다니면서 순간의 감정을 스케치해 다양한 색을 입힌 음악을 만든다. 순수하고 다정한 음악으로 사람들에게 작은 위안을 주고 싶었다. 유행이나 트렌드는 신경 쓰지 않았다. 욕심이 없었던 걸까, 아니면 욕심이 많았던 걸까. 어느 날 문득 궁금했다.

'나는 음악을 즐겁게 하고 있나?'

'준화는 나랑 하는 음악이 좋을까?'

'나는 무엇을 가졌나?'

'이 허전함은 무엇으로 채울 수 있을까?'

'인간이 느끼는 고독은 무엇인가?'

질문은 꼬리에 꼬리를 이어 쏟아졌지만 어느 것 하나에도 선뜻 답하지 못했다. 조그마한 마음에서 그럴듯한 대답을 찾아 헤매는 사이 시간만 흘러갔다. 답은 한참 시간이 지난 후 어느 여행 길에서 찾을 수 있었다.

2016년 여름, 준화와 미국으로 향했다. 서울재즈페스티벌 공연 후기를 찾아보다가 우리의 음악에 대한 부정적인 댓글을 보고 상처를 받았기 때문이었다. "노래 한 곡 알리는 것이 참 어렵구나" 좌절했다가 "그래, 뭐든 쉬운 게 어디 있겠어!" 계속해보자고 다짐하면서 출발한 음악 여행이었다. 3주 동안 동부의 여러 도시를 돌면서 그동안 못다 한 깊은 이야기도 나누고, 준화가 처음 음악을 시작한 도시에서 음악을 만들다 보면 새로운 마음이 들 것 같았다.

생각처럼 잘되진 않았다. 준화와 이야기를 나눌수록 음악에 대한 생각의 갭은 줄지 않았고 결국 노래 만드는 걸 접었다. 혼자 시간을 보내면서 '우린 음악을 왜 하는 걸까?' '앞으로 음악을 못 하게 되면 뭘 해야 하지?' '처음엔 즐거웠는데 왜 처음처럼 안 될까?' '나에게 음악은 무엇일까?' 묻고 또 물었다.

클리블랜드로 가는 고속도로. 별생각 없이 달리고 있는데 경찰
관이 우리 차를 세웠다. 속도위반을 한 것이다. 한국에서도 이런
일이 없었는데 낯선 미국 땅에서 속도위반이라니. 건장한 체격의
미국 경찰이 총을 빼들고 매니저에게 무릎을 꿇으라고 하는 모
습이 백미러로 보였다. 난생처음 느껴보는 공포였다. 순간 뭔가
크게 잘못됐다고 느끼며 아무 생각도 나지 않았다.
'내가 지금 뭐 하러 여기 와 있지?'
음악 때문에 고민하고 음악으로 무언가를 남겨보려고 아등바등
했던 지난 나의 행동과 준화와의 시간이 전부 다 부질없게 느껴
졌다. 살아 있다는 것만으로도 너무 행복한 일인데, 그걸 모르고
살았다. 무언가를 만들어내고, 무언가를 해내야 한다는 강박 때
문에 더 소중한 걸 잊고 살았던 것이다.
다행히 매니저는 무사히 풀려났고 벌금을 내는 것으로 마무리되
었다. 그날 숙소에 돌아와 끓여 먹은 라면 맛을 평생 잊을 수 없
다. 태어나 먹은 것 중 가장 맛있었다.

여행의 마지막 날, 시카고의 한 전망대에 갔다. 야경에 취해 사진을 찍는데 갑자기 하늘에서 불꽃이 터지기 시작했다. 알고 보니 미국의 독립기념일이었다. 지평선 끝까지 펼쳐진 넓디넓은 하늘에 한가득 화려한 불꽃이 피어올랐다. 수십 수백 군데에서 터지는 다양한 색과 크기와 모양의 불꽃에 입이 다물어지지 않았다. 하늘 높이 피어올랐다가 사그라지는 불꽃들을 바라보며, 근 2년간 나를 괴롭히던 화두가 작은 매듭을 맺었다.

'인생을 살아가면서 누구에게나 황금기가 찾아온다. 저 불꽃처럼 화려하게 터지는 순간들을 누구나 겪는다. 그리고 이내 다시 사라진다. 동시에 다시는 오지 않을 것 같던 시간들이 예상하지 못한 곳에서 나를 반긴다. 언제 다시 불꽃이 터질지 모르니 실망하거나 가라앉지 말자. 왜냐고? 아직 안 끝났으니까! 그래, 아직 안 끝났어!'

말 그대로 정말 열심히 살았다. 살다 보니 어느새 아빠의 나이를 지나 50대 중반이다. 이제는 그럴듯한 답을 찾기 위해 기나긴 시간을 보내지 않는다. 선종 옛 스님들의 화두를 모아놓은 책,《무문관無門關》에 보면 이런 화두가 나온다.

무문관 제37칙 정전백수^{庭前栢樹}

어느 스님이 "무엇이 달마 대사가 서쪽에서 온 뜻인가?"라
고 묻자 조주 스님이 대답했다.

"뜰 앞의 잣나무!"

'뜰 앞의 잣나무!'

머리에 등이 하나 땅 켜졌다. 달마가 서쪽에서 온 이유가 뭐가 중
요한가! 지금 내 앞에 무엇이 보이는가가 중요하지! 그렇다. 지금
을 살면 된다.

지금의 나이가 아니라면 이 화두를 해석할 수 있었을까? 나이의
적고 많음이 앎을 준다는 뜻이 아니다. 그저 '지금' 받아들일 수
있는 것이 있다. 안민수 선생님의 "말을 해"가 해를 거듭해 다르게
다가온 것처럼 말이다. 나는 어느덧 그것을 아는 나이가 되었다.

나이 드니까 좋다

배우는 많은 질문을 던지고 많은 생각을 한다. 매일 한 씬 한 씬을 고민하고 또 해석한다. 무대에서도 많은 생각을 한다. 하지만 동시에 연습과 훈련으로 '생각'을 줄여야 한다. 연습에서 찾아냈던 정교함과 고도의 집중력으로 무대 위에선 단 하나의 시선도, 단 하나의 움직임도 놓치지 말아야 하기 때문이다. 생각에 빠져드는 순간 놓칠 수 있다. 즉 무대에서의 생각은 내 머릿속의 '생각'이 아닌 배역과 상황에서 만나는 모든 것들이어야 한다. 지금을 연기해야 한다.

나이 드니까 좋은 게 많다. 무대에서 흔들리는 순간이 와도 극복이 빨라졌다. 자연스럽게 힘이 없어져서(이건 좀 눈물 나지만) 힘이 들어가지 않는다. 또 나이 들어 좋은 것이 뭐가 있을까? 앞으로 하나씩 더 만나가야지.

아직 안 끝났어

아들 동우와 함께 미국 동부 여행을 하고 있다. 지금은 시카고에 가는 길이다. 차로 이동하는 시간 동안 동우는 참 잘도 잔다. 도착하면 언제 잤냐는 듯 말끔히 일어나 씩씩하게 성큼성큼 시간을 보낸다.

난 이번 여행에서 일기 형식의 음악영화를 만들고 있다. 하루하루 어떤 이야기들이 나올까 궁금하고 기대된다. 즉흥적으로 이야기를 만드는 것이라 두렵기도 하고, 그 일을 겪어야 알 수 있는 것이라 힘들기도 하다. 그래도 조금씩 이야기가 만들어져 가니 신기하고 재미있다.

영화의 제목은 〈아직 안 끝났어〉로 정했다. 자꾸 주눅 들고 시들어가는 내 열정을 향한 울부짖음이랄까. 나의 진심을 몰라주는 현실에 대한 고독한 몸부림이랄까.

외치고 싶었다.
"아직 안 끝났어!"라고.

누구나 많은 고민과 걱정을 안고 산다. 어리건 나이를 많이 먹건

어쩌면 한결같은 고민을 직면하는 스스로를 보게 될 것이다. 그때마다 조금은 위로와 위안이 되길 바라는 마음으로 이 이야기를 만든다. 스스로에게 해주는 격려처럼. "아직 안 끝났어"라고….

그저

욕심은 부리지 마.
네가 할 수 있는 최선을 다해. 그 이상도 그 이하도 없어.
그저 시간이 지나감을 느껴.
그러면 되지 않을까?

그래, 시간이 지나보면
무얼 가지고 있는 것보다는 없는 게 나을 때가 있는데
살아 있다는 걸 증명이라도 하듯이 뭐가 참 많아.
그걸 뭐라고 할 수도 없고, 그것도 난데.
그래, 그래. 아무것도 아닌 게 오히려 더 다행이다.
그렇게 생각하자.

뭐야, 아무것도 없었네. 아무것도 아니네.
그래, 그래. 그래서 그게 더 나아.

나는 그냥 하나의
자유로움일 뿐

그 이상도 그 이하도 아닌 사람.

특별함은 없고 그저
평범함이기를 바라는
작은 사람.

아름답고 평범한 인생의 순간이
지나간다.

긴긴밤

밤을 지새워
나를 가꾼다.

나는
어떻게 될까?

나와의 대화

연기하는 게 참 재밌다.

조그마한 것까지 찾아가고 만들어가고

큰 그림부터 작은 그림,

그리고 그 그림들을 모두 담을 수 있다는 거.

참 흥미로운 경험이야.

계속 조금씩 발전하는 것 같아서 좋아.

다행이고 말이야.

그렇게 재미있게 오래 해야 돼.

그래야 진정한 사람의 깊이를 맛볼 수 있을 테니.

넌 사람이잖아.

맞아.

그렇구나.

그래 잊지 않을게.

고맙다.

걷고, 걷고, 걷는다

느린 걸음으로
오래 걷기.

내 마음대로
홀로 걷기.

발걸음 맞춰
나란히 걷기.

그러다
달 바라보기.

또 하루가
나에게서
사라진다.

나와

나의 생각에

잠겨진

어느 하루에….

괜찮다

아!

나는 얼마나 모르고 있는 걸까요?

이렇게 많은 사랑을 받고 있다는 걸.

순간순간마다

내게 다가온 것들을 모르고 지나간다.

다시 나를 일으킨다.

또 모른다 하겠지.

그래도 괜찮아.

다시 알게 될 테니까.

'걷는다'는 수(修)

자주 걷는다. 마음이 복잡할 때 걷고, 날이 좋아 걷고, 촬영장에서 기다리는 시간이 생겨도 걷는다. 가장 자주 걷는 길은 동네 뒷산이다.

마음을 떼기가 어렵지, 그 마음이 움직이기 시작하면 발걸음은 가볍게 앞으로 나아간다. 걸을 때마다 '아, 이 먼 길을 언제 다 걷나?'라는 생각과 더불어 '와, 재밌겠다. 어떤 풍경을 만날까?' '어떤 사람들을 마주칠까?' '어떤 자연과 함께 내가 움직일까?'라는 기대감이 나를 걷게 한다. 생각해보면 걷는다는 건 나를 움직이게 함으로써 내 생각들을 길 뒤편으로 흘려보내는 것이다. 생각을 비워내려 걷다 보면 생각들이 훌훌 뒤로 날아간다.

'그래, 걸으면 되는구나.'

신기해하면서 또 한 걸음, 한 걸음 나아간다. 그에 발맞춰 생각도 한 걸음, 한 걸음 뒤로 날아가 버린다.

어렵다. 많이 걷는 건 특히나.

그러면 그때는 그냥 앉는다.

앉다가 또 서 있다가

하늘 한번 보고 심호흡을 길게 한번 한다.

'그래, 이 정도 여유는 있어야 걷는 거지.'

무작정 걸으면 힘들어서 안 된다. 목표를 가지고 걷는 것도 별로다. 그저 '내가 오늘 이 길을 걷는다'고 하며 걷는 것이다. 잠시 앉을 만큼의 여유는 가지되.

이런 생각 저런 생각을 또 해본다. 걷는다는 것은 일종의 여행이다. 비행기 타고, 자동차 타고 멀리 가는 것만이 여행이 아니다. 동네 한 바퀴를 걸어도 여행이라 생각하면 여행이 된다. 안 될 것이 없다. 생각을 열어두면 된다. 내가 여행하듯 걸으면 그것이 여행이지. 물론 정말 먼 곳으로 떠났을 때 낯선 곳을 걷는 것만큼 행복한 것이 없다.

'와, 이 공간!'

'와, 이 풍경!'

'오, 저런 것들!'

'와, 이런 것들!'

이렇게 한 걸음 두 걸음 백 걸음 천 걸음 만 걸음 십만 걸음 백만 걸음… 셀 수조차 없다. 하지만 기억되고 간직된다. 물론 생각은 다 뒤로 날아가지만 말이다. 차곡차곡 내 몸 안에 수백만 수천만의 걸음이 켜켜이 쌓이고 쌓여 나를 만드는 것이 아닐까? 그렇게 나에게 말해본다. 그리고 오늘 또 소중한 한 걸음을 쌓아본다.

맨발 걷기

소산 박대성 선생님과의 인연은 2016년 강우석 감독님 영화 〈고산자, 대동여지도〉를 통해서다. 흥선대원군 역을 맡아 난을 치는 법을 배워야 했는데 영화사의 소개로 한국화의 대가이신 소산 선생님을 처음 만났다. 이후 계속 선생님을 찾아뵙고 있다. 올봄에 찾아갔을 때 선생님이 물으셨다.

"준상아, 맨발로 경주 남산에 올라가보지 않을래?"

"네, 선생님. 저 해보고 싶습니다."

선생님과 함께 맨발로 산에 올라가는데 너무 행복했다. 땅과 맞닿는 발, 다시 발에서부터 머리, 그리고 머리와 맞닿는 하늘까지 온전히 하나가 되는 느낌이었다.

사실 처음에는 걱정했다.

'산에 신발을 신고 올라가도 힘든데 맨발로 괜찮을까?'

도리어 몸에 안 좋은 영향을 주진 않을까 싶었고, 사람들의 시선도 마음에 걸려 약간의 용기도 필요했다. 직접 체험해보니 이렇게 상쾌하고 이렇게 행복할 줄이야! 신발과 양말을 벗고 맨발로 땅을 내디뎠을 때의 느낌을 잊을 수 없다. 그야말로 자연과 내가 일체가 되는 것 같았다. 놀라운 순간이었다.

당시 뮤지컬 〈비틀쥬스〉 연습이 한창이었는데 경주에 다녀온 후에도 그 느낌을 잊지 못해 아침마다 집 앞의 산을 맨발로 올랐다. 맨발의 자연인이 되어 산을 오르고 나무와 대화했다. 나도 모르게 어떤 의례처럼 공연이 끝나는 날까지 매일같이 반복했다. 돌이켜보면 자연의 좋은 기운이 내게 들어오는 것을 느꼈던 것 같다.

그해 겨울 다시 경주의 선생님을 뵈었다.

"선생님, 남산으로 아침 산책을 다녀왔습니다."

"그래? 맨발로 걷지 그랬어. 맨발로 걷는 게 참 좋다."

"맨발로 다시 걷고 오겠습니다."

바로 양말을 벗고 나가 선생님 댁 뒤에 있는 남산으로 향했다. 땅에는 밤새 내린 서리가 아침 햇살을 받으며 하얗게 올라와 있었다. 그 땅을 한 발 한 발 걷는데 너무 행복해서 감탄사가 절로 나왔다. 이 신기하고 재미있는 행복은 오직 맨발로 걸어본 사람만이 알 수 있다.

신발을 신고 걷는 것과 맨발로 걷는 것은 많은 점에서 다르다. 그냥 걷기는 어떤 목적지를 향해서 혹은 건강해지기 위해서 걷는 다지만 맨발로 걸을 때는 오직 땅을 본다. 그럴 수밖에 없다. 뾰족한 돌에 발바닥이 찍히진 않을까, 휘어진 나무뿌리에 걸려 넘어지진 않을까, 낙엽 안에서 쉬고 있는 벌레나 생명체를 밟지는 않을까 등등 내가 다치거나 반대로 내가 자연을 아프게 할 수 있다는 생각에 걸음이 조심스러워진다. 땅을 보며 걷다 보면 이제껏 보지 못했던 것들이 보인다.

땅 밖으로 빼꼼히 나온 나무뿌리와 땅에 떨어진 솔방울은 천연 지압기다. 뿌리를 꾹꾹 밟으면 "아악! 아악!" 소리가 나는데 참고 반복하다 보면 그렇게 시원할 수가 없다. 솔방울을 밟으면 얼핏 따가울 것 같지만 말랑말랑 쿠션감이 좋다. 솔잎과 나뭇잎은 또 얼마나 폭신폭신한지 모른다. 땅만 보며 걷다가 문득 큰 나무를 만나면 고개를 들어 바라보다 두 팔을 벌리고 안는다. 내가 안았지만 나무가 나를 토닥토닥 안아주는 것 같다.

정면을 보고 걸으면 길을 찾는데, 땅을 보고 걸으면 길을 못 찾는다. 그냥 땅만 보는 거다. 어느 정도 숙달이 되면 땅도 보면서 길도 보고 하늘도 볼 수 있다. 그러면서 느꼈다.

'용기를 내야 하는구나. 용기를 내도 처음에는 순탄치 않지만 차근차근 해내면 하늘을 보는 여유가 생기고 나무를 안는 넉넉함도 생기는구나. 너무 좋은데? 너무 좋아!'

추운 겨울이라고 못 할 것이 없다. 동네 뒷산 맨발 걷기를 재개해야겠다. 다시 자연인이 되어 땅과 하늘을 만나야겠다. 그리고 나무님에게 오랜만의 안부를 전해야겠다.

세상은 눈에 덮인 관찰자

눈 덮인 세상은 파헤쳐 보기 전까지는 그 안에 무엇이 들어 있는지 알 수 없다. 눈이 녹은 후에야 그곳에 풀이 있었고, 나무가 있었고, 또는 다른 무엇인가가 있었다는 것을 알 수 있다. 눈 덮인 세상은 많은 것들이 숨겨져 있는 보물창고다. 나는 숨겨진 것들에게 말을 걸고 질문을 던진다.

"나를 찾아주세요!"
"나는 어디에 있나요?"

만약 내가 숨겨진 것들을 찾는다면 나는 그것을 볼 수 있는 관찰자가 되는 것이고, 반대로 찾지 못하면 숨겨진 것들이 나를 보는 관찰자가 될 것이다. 세상은 눈에 덮인 관찰자들이다. 숨겨진 보물을 발견할 것인가, 아니면 관찰되어질 것인가.
'결국은 내가 찾아야 하는 거구나. 내가 해야 하는 거야.'
나에게 주어진 모든 것들은 오직 나만이 풀 수 있다.

밤바다

잠들지 못하는 고민으로 밤바다를 찾았다.

어둠이 찾아와 바다가 사라지면
미소를 머금은 그림자는 길을 헤맨다.
평온한 바다는 내려다 볼 때는 아름답지만
그 앞에선 참 치열하더라.
내 인생이 저 바다와 같네.

모든 걸 다 드러낼 순 없지.
부끄러운 걸 알기에 인간이고,
인간이기에 점점 더 세상의 일들이 아프게 다가온다.
그만큼 나약하다.
하지만 난 날 아니까.
너무 한쪽으로 치우쳐 살지 말고,
'나도 그럴 수 있는 인간이었구나' 하면서
받아들여야 하더라고.

그래, 그저 모르는 채 떠 있자.

헤치고 나가는 마음이 있겠지.

나약한 마음도 나아가는 마음이 되고

미약한 불빛도 앞을 밝히는 불빛이 되니

염려하고 걱정하는 것보다는 다 잘 되어갈 거야.

자, 용기를 내자고.

잠잠해지는 파도를 확인하고 다시 숙소로 돌아왔다.

내가 만들어지는 방식

뭘까?

새벽에 일어나 미친 듯이 내 마음이 동요하는 이유는?

언제부턴가 마음이 움직이지 않으면 행동하지 않는다. 즉 내가 나를 설득하지 못하면 행동할 수 없다. 평상시 삶의 태도가 연기에도 적용되기 시작했다. 내가 설득되지 않으면 연기를 할 수 없다. 그것이 나의 연기 방식을 생성했다.

아름답고 괴로운 고백들은 예민하지만 탄탄한 알맹이를 만들어낸다. 허투루 쓰지 않는 눈빛, 말투, 몸짓…. 나를 괴롭게 하지만 동시에 나를, 나의 연기를 살게 한다.

삶과 연기는 같이 간다

수많은 변화 속에서
단 하나 변하지 않는 것이 있다면
그것은 진심이다.

내 직업은 배우. 연습을 하지 않으면 안 되는 직업이다. 매일의 반복 훈련. 거창할 것도 없고 거창하지도 않고 대단한 것도 아니다. 그저 나의 직업의 한 부분을 열심히 실행할 뿐이다. 꾸준한 훈련과 매일매일 해야 하는 연습들에는 사실 실체가 없다. 얼마나 해야 하는지, 어디까지 왔는지 알 수 없다. 단지 오늘도 할 뿐이다. 그래서 어렵다.

해야 할 것이 너무 많아서 일지를 쓰기 시작했다. 아무것도 모르던 나에게 "배우는 일지를 써야 한다"고 얘기해주신 나의 스승, 안민수 교수님. 처음에는 수업 시간에 교수님이 하신 말씀들을 빠짐없이 적는 것이 그 시작이었다. 계속 일지를 쓰면서 나에 대해 기록하고, 마음에 담고 있던 것들을 글로 표현하자 내가 해야 할 것이 무엇인지가 점차 명확해졌다. 바로 반복 훈련이다.

일지 쓰기는 단순히 일이 년에 끝나는 것이 아니었다. 정말 오랜 시간 동안 꾸준히 해야 한다는 것을 깨달았을 땐 이미 눈도 잘 안 보이고 허리도 더 아프고 무릎도 안 좋아졌지만 일지 쓰기와 반복 훈련이 나의 살 길이라는 생각은 더 분명해졌다. 일지를 쓰지 않았다면 내 삶에 이토록 선명하게 각인되지는 않았으리라.

끊임없이 반복 훈련을 하는 직업은 사실 상당히 많다. 따지고 보면 모든 직업이 반복의 연속이다. 때문에 배우라는 직업이 그렇게 대단한 것은 아니다. 누가 끊임없이 오랜 세월 해냈느냐에 성패가 달려 있다고 본다.

소산 선생님은 지금도 아침마다 글씨를 쓰신다. 그림은 글씨에서 나온다고 말씀하셨다. 그렇다면 나는 배우로서 아침에 어떤 훈련을 해야 할까? 숱한 고민 끝에 나에게 맞는 훈련을 하고 있다. 아침에 일어나면 가장 먼저 스트레칭으로 몸을 풀고, 소리 연습을 하면서 목을 푼다. 그리고 피아노와 기타 연습으로 이어진다. 악기는 감각과 감성을 깨우는 데 참 좋다. 몸, 목, 이어서 감각과 감성을 푸는 훈련을 매일 한다.

좀 더 살아 있고 싶었다. 캐릭터를 만들 때 중요한 지점은 나라는 사람과 맞닥뜨린 인물에게 내가 어떤 영향을 줄 수 있느냐 하는 것이다. 내가 생생하지 않다면 나를 만나는 캐릭터 또한 살아 있을 수 없다. 배우의 고민이 쌓여 변화가 일어난다. 그리고 무대에 올라 관객과 만났을 때에도 변화는 일어난다. 그때 비로소 이해할 수 있다.

'순간순간을 살아야 하는구나.'

'연극은 삶이구나.'

인상적인 연기를 하는 사람을 보면 그의 삶이 궁금해진다. 결국 삶과 연기는 같이 가는 것이기에 좋은 생각을 하며 잘 살아야 연기에도 그것이 잘 묻어나온다. 그렇기에 연기는 나를 돌아보게 하고, 스스로를 깨게 하고, 깨려고 해도 깨어지지 않는 나를 다시 발견하게 하고, 그렇지만 또 끊임없이 깨려고 노력하게 하는 작업이다.

'어떤' 인물로 보이게 하는 그 요소를 포착해야 한다. 단지 외양을 흉내 내려고만 해서는 지엽적인 개성만 보여줄 수밖에 없다.

배우 자신의 원래 모습이 드러나기도 한다. 오직 가상의 캐릭터만 있는 것이 아니다. 실존하는 나도 있다. 그래서 정신적으로 벌거벗는 일이 필요한 것이다. 어떤 작품이든 배우는 양날의 작두를 탄다.

연기와 삶. 어찌 보면 무척 근사하게 들리지만 나에게는 아주 평범하게 다가온다. 단순하다. 내 삶을 잘 만들려면 내 직업과 관련한 것들에 최선을 다해야 한다. 그래야 먹고살 수 있다. 배우로서 할 수 있는 것들을 최대한 다 연습해보고 실험해보고 또 경험해본다. 그런데 이게 또 너무 어렵다. 하면 할수록 어렵다.

그럴 땐 다시 기초로 돌아간다. 처음의 것을 끊임없이 머릿속에 집어넣고 거기서 조금이라도 새로운 것을 발견하면 그렇게 행복할 수가 없다. 이미 다 경험했던 것이고 다 느꼈던 건데, 그리고 너무 기초적인 건데 새로 발견했을 때 행복하다.

아마 이렇게 반복하다가 결국엔 저 세상에 가겠지? 우리 삶이 뭐 대단한 게 있는 게 아니잖나. 평온하길 기대하는 삶 속에는 어김없이 아픔과 고통과 슬픔이 찾아오고, 또 하루하루 지겹다고 말하는 일상들이 빼먹지도 않고 나를 지나간다. 거기서 뭔가 조금 새로운 걸 찾으면 행복하고, 똑같은 것이 반복되면 지루하고, 좋았다, 슬펐다, 기뻤다, 안 좋았다, 답답했다, 뭐했다…. 수천 수만 가지 감정들이 오고가는 속에서 어느덧 나와 당신들은 나이를 먹는다.

그래~. 뭐 대단한 게 아니야. 하루하루 아프지 않고 내가 이렇게 노래 부를 수 있고 훈련할 수 있고 대본을 볼 수 있고 사람들을 만날 수 있고, 자연과 함께할 수 있고 그러면 됐지. 그게 무료함을 동반한 반복된 삶일지언정 앞으로도 평생 해야 할 일이기에 난 이 일을 즐겁게 할 거야. 그게 내 삶이고, 내 연기다.

불구부정 不垢不淨

불구부정은 깨끗하지도 않고 더럽지도 않다는 뜻이다. 모든 것은 나의 마음에 달려 있기에 내가 느끼는 것이 보이는 것뿐.

오늘 아이들과 불구부정에 대해 얘기하는 시간을 가졌다. 지금은 이해하기 쉽지 않더라도 이해해보려는 눈빛들이 맑게 빛나고 있었다. 아이들 스스로 만들어가야 하는 삶이기에 어릴 적엔 최대한 아이들이 원하는 것을 할 수 있도록 편안하게 지켜보려 한다. 사교육이나 별다른 공부를 시키지 않았다. 그래도 마음이 편치만은 않은 것이 부모일 게다. 건강하게 자라주는 것만으로 행복을 느껴야지, 감사함을 느껴야지 속으로 다짐하고 다짐한다.

동우와 민재가 내 곁에서 불구부정에 대해 글을 쓰고 있다. 그것만으로도 난 오늘 얻은 게 많다. 사랑하는 아이들이 더 좋은 순간들을 보고, 듣고, 자라며 좋은 영향력을 주는 선한 사람이 되기를 바란다. 비록 지금 한없이 놀기만 하지만. 그 안에서 분명 찾고 얻는 것이 있을 거라고 믿는다.

고맙다. 예쁘다.

아름답다. 사랑한다.

약속

시간이 간다,

무언가에 빠져서 내 모든 것을 건다,

돌이킬 수 없는 시간을 보낸다,

걸어온 길을 기억하며

다시금 걸어야 할 길을 천천히 내딛는다,

이 중 무엇 하나 쉬운 건 없다.

나로서 온전히 사는 것이니 쉽지 않겠지.

그걸 지키고 있다. 그걸 만들어가고 있다.

내 생각과 꿈을 만들어갔던 어린 시절의 약속을 지켜내기 위해

오늘도 나 스스로를 채찍질한다.

고요히 마음을 모아

선운사에 갔다. 대웅전이 공사 중이라 고요하진 않았지만 선운사의 고즈넉함이 자연의 소리만을 남긴 채 묵언하듯 잔잔한 순간을 만들었다.

부처님의 두 눈을 마주하고 가만히 고개를 들어 수줍게 쳐다보았다. 잔잔한 미소로 반겨주시는 듯한 모습에 순간 마음의 평온이 찾아와 기뻤다. 부처님께 절을 올리는데 한 스님이 오셔서 공양을 하고 가라 하셨다. 덕분에 너무 감사하게 허기진 배를 채웠다. 다시 법당으로 돌아와 부처님과 마주했다. 부처님의 눈빛에 이번에는 쓸쓸함이 묻어 있었다. 조심스레 여쭈어 봤다.
'저는 어디에서 왔습니까?'
'저는 지금 잘 살고 있는 걸까요?'
'커다란 욕심 없이 제 할 일을 하고 싶습니다. 그리하여 조금 더 정진한 제 모습을 보았으면 좋겠습니다. 끊임없이 배우고 있는 저와 만나고 싶습니다.'

법당 안으로 선선한 바람이 불어온다. 선운산에서 불어오는 바람이었다. 순간 깨닫는다. 내가 무언가를 알았다는 것은 무언가를 몰랐기 때문에 몰랐음을 알았다고 하는 것이다. 결국은 아는 것도 모르는 것도 아니다. 정진하고 그것을 꾸준히 배워가는 것이 있을 뿐이다. 아는 것도, 모르는 것도 아니라는 지혜를 새긴다. 그것이 결국 정진의 바탕이 될 테니.

선운사禪雲寺는 '오묘한 지혜의 경계인 구름에 머무르면서 갈고 닦아 선정의 경지를 얻는다'는 뜻이다. 검단 스님이 지은 이름이라고 한다. 선禪이란 마음을 한곳에 모아 고요히 생각하는 일. 오늘 나도 선운사에서 마음을 모아 고요히 생각한다.

잃고, 다시 얻다

어제는 송광사에 가서 불일암에 오르는 길에 맨발로 편백나무 숲을 걸었다. 이곳은 법정 스님이 자주 걸었던 길로, 무소유길이라 이름 붙여져 있다. 맨발로 법정 스님의 고행을 조금이나마 느끼며 땅에 고개를 고정한 채 끊임없이 올라갔다.

문득 고개를 들자 표지판이 보였다.
왼쪽 화살표 불일암
오른쪽 화살표 송광사
아래쪽 화살표 주차장

분명 표지판을 보았는데도 바로 왼쪽에 불일암으로 가는 대나무 숲이 있는 걸 까마득하게 놓친 채 그저 정상을 향해 서둘러 걷기만 했다. 한참을 오르고 산 중턱에서 이르러서야 내리막길을 보면서 '지나쳤구나' 하고 알아챘다. 오직 불일암을 찾아야 한다는 생각만 앞선 것이다. 주위에 아무도 없다는 것이 감지되자 불안감에 걸음이 엄청나게 빨라졌다.

쏜살같이 내려오니 아까 지나쳤던 표지판이 다시 보인다. 뒤편에 있는 길을 보지 못한 것이 못내 아쉬웠지만 찾아서 다행이라 생각하며 대나무 숲으로 걸어 들어갔다. 숲에서 나오자 너무도 아름다운 풍경에 가빴던 호흡이 일순간 사라졌다.
'구름을 밟는 느낌이 이런 것일까?'
풍경에 말을 잃게 만드는 선함이 있었다.

불일암으로 향하는 계단을 오르니 '묵언'이라는 푯말이 보인다. 푯말 너머 송광사 목어 소리가 함께한다. 더할 나위 없이 조화로운 시공간이다. 그렇게 한참을 아름다움에 머물다가 법정 스님이 계신 나무를 쳐다보며 고개 숙여 합장을 했다.
'고요함 속에 빛나는 고귀함으로 걸어 들어왔습니다. 고맙습니다.'

바람

조용히 걷고
가만히 앉아 있다
천천히 움직이자.

새벽

새벽의 시간은 나를 새로운 공간으로 데려간다.

현명한 마음으로 나를 볼 수 있기에 새벽을 항상 고대한다.

나를 새벽으로 이끈 일들을 가만히 생각해본다.

쓸데없는 일에,

부질없는 마음 씀씀이에 매달려

나를 피곤하게 만들지 말아야 한다.

새벽과 아침의 경계에서 고요함을 누리다

또다시 잠에 들었다.

발자국

하루에 한 편씩 시를 쓸 수 있다면 얼마나 좋을까? 시를 쓸 수 있는 풍경과 고요함이 있다면 얼마나 좋을까? 아주 오랜만에 이런 생각들을 할 수 있어 참 다행이다.

나는 지금 광안리 해변을 걷고 있다. 시간을 벗어난 공간이 주는 한적함의 묘미가 있다. 해변가 수많은 발자국은 사연을 만들고 힘주어 맞닿은 땅엔 그리움이 치솟는다. 꼬리를 치켜세운 강아지 두 마리가 바닷가 모래를 누빈다. 덕분에 귀를 쫑긋 세워야 들리는 파도 소리가 햇빛에 다시 소리를 감춘다.
모래 위를 걷다가 그저 시간이 지나감에 감사하며 나를 돌아보고 위로하고 감싼다. 평온한 마음을 가지되 스스로를 점검하며 바람의 방향을 살피려 한다. 그리고 지금 좋은 하루가 되는 방향으로 잘 가고 있다고 믿는다.

우리는 지금 올바른 길을 가고 있는가?
그 길을 잘 가고 있나?
그래, 내가 걷던 방향으로 올곧이 가리라.

살아가는 게, 꿈을 꾸는 게

나에겐 죄가 아닌데

무거운 마음을 내려놓는다.

허리를 곧게 세우고 어디로 갈지를 정한다.

다시 떠난다.

2.

더운 마음

두 배로 하셔야 돼요

마흔이 되던 해에 내가 다니는 이비인후과 오재국 원장이 말했다. 오래 알고 지낸 터라 형 동생 하는 사이다.

"형님! 이제 마흔이 되셨으니까 남들보다 두 배로 소리 훈련을 하셔야지 젊은 친구들을 따라갈 수 있습니다."

"그래? 왜?"

"성대도 근육이라 늙거든요. 지금부터 연습을 두 배로 안 하시면 젊은 친구들과 한 무대에 섰을 때 형님 소리는 상대적으로 떨어지실 거예요."

그 얘기를 듣고 소리 훈련과 신체 훈련 등 모든 연습을 두 배로 늘렸다. 노래 레슨도 더 자주 받았다. 체력적으로 힘들었지만 무대에 계속 서려면 해야 했다. 70, 80대 할아버지가 돼서도 공연을 하고 관객과 만나는 것이 내가 배우로서 가고자 하는 길이다.

요즘에도 오 원장을 만나면 그때 얘기를 한다.

"형님, 두 배로 해야 한다는 말을 정말 잘 지켜서 지금 소리가 좋은 거예요."

"다 오 원장 덕분이야. 그때 그 말을 안 해줬으면 나는 생각도 못

하고 그냥 지나갈 뻔했어.”

정말이다. 그렇게 얘기해주는 사람이 어디에 있나. “두 배로 연습하셔야 돼요”는 당시 나에게 삶의 힌트처럼 확 꽂혀 들어왔다. 대학교 1학년 연기 수업 시간에 안민수 교수님이 “배우는 일지를 써야 한다”라고 말씀하셨을 때처럼! 스무 살에 안민수 교수님의 말씀을 듣지 못했다면 일지를 쓰지 못했을 거다. 쓰다 보니 내 삶에 가장 중요한 것이 되어 서른 해를 넘게 쓰고 있다.

일지의 시작은 단순했다. 처음엔 수업 내용을 필기하다가 내 몸에 대해 쓰기 시작했다.

‘다리가 안 찢어진다. 나는 왜 저 친구만큼 다리를 못 찢을까?’

‘가슴이 안 닿는다. 어떻게 하면 다리 찢기가 가능할까?’

‘내 몸은 도대체 무슨 몸인가!’

연기가 잘 안 되니까 일지라도 써야 했다. 남들보다 연기를 못한다고 생각했고 실제로 다들 나에게 못한다고 했으니까. 그래서 ‘이렇게라도 하면 잘할 수 있을까?’ 하며 계속 일지를 쓴 것이다. 뜻대로 따라주지 않는 몸에 대한 한탄과 개탄을 쓰다가 이내 그날그날의 발성, 호흡, 체력 훈련, 작품과 캐릭터 분석 등등 목표를 가지고 일지를 썼다.

그러곤 어떤 날은 시를 쓰고 어떤 날은 그림을 그리고 어떤 날은 여행을 가서 느낀 것들을 적으면서 점점 다양한 기록으로 확장됐다. 공연할 때는 인터미션 20분 동안 공연일지를 적었다. '오늘은 왜 안 됐을까?' 1막을 반성하고, 2막을 나가기 전에 '힘내자 준상아!' 격려하며 마음을 다잡는다.

사실 맨날 똑같은 얘기다. 맨날 겪는 게 똑같으니까. 그런데 같은 얘기를 쓰다가 어느 날 문득 그동안 쓰지 않았던 새로운 단어들이 하나씩 튀어나온다.

- 공연은 나를 더 **풀어헤쳐보는 시간**이다.
- 50세의 첫 공연은 **종합선물세트** 같은 시간. 눈물이 날 정도로 재밌었다.
- 스며들고 쌓여가는 순간들을 나에게 **투영**시키자.
- **편안하게, 명석하게, 신나게, 때론 세심하게!**
- 새로움과 만난다. 새로움은 얼마나 고통스러우면서도 아

름다운가. 그 평행선에서 나는 여행을 하고 있다. 그 **떨림과 고독의 행복**을 느끼고 즐겨라.

• 안 좋은 것들은 빨리 잊어버리고 처음 만나는 것처럼, 다시는 없을 것처럼 **신선하게** 오늘 공연도 해보자.

• 나를 무대 위에 온전히 맡기고 **모든 공기의 움직임**을 느껴보자. 힘내자, 준상아! 열심히 해왔다.

새로운 단어는 곧 새로운 인식이다. 막연했던 감각이 선명해지고 또렷해진다. 기분 좋은 전율이다. '이때 내 상태가 이랬구나', '내 감정이 이랬구나.' 마주하는 단어 하나, 상황 하나를 새롭게 인식하게 되는 것이 너무 재미있다.

그런 때가 온다. 누군가 툭 던진 말에 "어! 맞아! 이거였어!" 크게 와닿는 순간이. 영화나 드라마를 보다가 누군가의 대사에, 또는 책을 읽다가 어떤 단어에 꽂히는 순간이. 사실은 다 알고 있었던 건데 그동안 제시됐던 단어가 정확한 방향을 가리키지 못했을 뿐이다. 이번에는 나에게 정확하게 맞는 단어가 내 방향으로 와

준 것이다. 이때 생각의 전환이 생기고 힌트가 온다. 그걸 내 삶에 녹여낸다면 그것보다 좋은 건 없다. 나는 항상 그런 것들을 찾고 있다.

또 다른 자유로움

뮤지컬 〈로빈훗〉 공연 중에 무술씬에서 상대 배우의 칼에 이마를 찍혔다. 얼굴이 뜨거워지는 걸 느꼈고 연기하면서 계속 피를 닦아냈다. 1막 공연을 어떻게 끝냈는지 모르겠다. 인터미션 시간에 공연장 건물 10층에 있는 성형외과로 달려갔다. 시간이 없어 마취도 안 하고 열 바늘을 꿰맸다.

다시 2막! 노래는 더 잘되고 집중도 더 잘됐다. 무대 위에서 느껴보지 못했던 자유로움이었다. 더 몰입했고 또 다른 힘이 나왔다. 나의 정신력을 다시 한번 강화시킨 순간이었다. 아무 일도 없었다는 것처럼 공연을 끝냈다. 안도의 한숨과 격려의 함성이 교차되고 무대에서 내려왔다. 상처는 났지만 또 하나의 좋은 기억이 남았다.

소중하게

〈로빈훗〉 공연과 연습에 모든 집중을 다하고 있다. 무언가 이렇게 깊이 열중할 수 있다는 건 큰 자극이 되고 훈련이 된다. 연기에 대한 생각이 또 한 단계 깊어지고, 고민이 또 한 단계 쌓이고, 오르고, 내리고, 쌓이고, 엎어지고, 결국은 제자리다. 그럴지언정 난 계속 앞으로 나아가는 중이라고 격려하며 하루에 충실한다.

무대는 그릇이다. 움직이는 그릇 위에 한 명 두 명 모여든다. 더 많은 사람들로 그릇이 채워진다. 목표하는 바가 각자 다르기에 언제든 깨질 수 있다. 그렇기에 그릇 위에서 조심하게, 차분하게, 맘껏 움직여야 한다.

나는 오늘도 그릇을 만든다. 좀 더 세밀하게, 아름답게, 좋은 그릇을 만들고 싶다. 이 아름답고 사랑스러운 일이 나에게 의미 있는 시간으로 다가온다. 내 하루가 소중하게 지나간다.

오늘도 그 재미있는 걸 한다

요즘 드라마 촬영과 뮤지컬 공연이 동시에 진행되고 있다. 힘든 시간이지만 나름대로 조절을 잘 하면서 잘 견디고 있다. 마음을 다잡는 것, 여유를 찾고 즐길 줄 아는 것. 나이 들어 내가 자랑할 수 있는 것들이다.

시간은 공연의 1막 1씬처럼 빠르게 스쳐 지나간다. 난 시간의 줄 위에서 천천히 한 발 한 발 내딛는다. 어딘가 멀리 떠나는 사람인 양 내가 사랑하고 동경하는 꿈을 향해 그저 발을 내딛는다. 모든 것은 이내 흩어져버리고 사람은 뒤바뀌지만 나는 내 길을 서서히 돌아보며 간다. 재밌다. 오늘도 그 재미있는 걸 한다. 그래서 신난다.

오늘 공연은 이전과 완전히 다른 느낌이었다. 노래도 더 굵고 강하게 나왔고, 연기는 더 디테일하게 흘렀다. 살아 있음을 순간순간 느꼈다. 이미 완성된 정직한 틀에 박힌 느낌이 아닌 또 하나의 나를 깨부수고 나온 순간이었다.

분명히 무언가가 달라지고 있다. 그 동안 무대 위와 카메라 앞에서 오랜 시간 연기하며 단련한 결과일까? 그 씬의 목표와 그림을 정확하게 그리고 있다. 참 재미있다. 그 어떤 무대도 같을 수 없다. 똑같은 작품을 올리더라도 매일이 다르다. 무대 위에서 매번 새로움을 찾고, 만들고, 그려가는 시간들이 너무 재미있고 신선하다. 그만큼 두렵지만 또 그만큼 재밌다. 이 행복한 현장에서 그간 갈고닦고 노력했던 것들을 힘껏 펼쳐본다.

이제 시작이라 생각하니 참 좋다. 신난다. 무대에서 신나는 것만큼 행복한 순간은 없겠지. 더 마음껏 무대에서 움직이리라. 자유로운 영혼으로 나는 오늘도 무대에서 공연을 한다. 신나게…!

나는야 이야기 전달자

배우는 이야기 전달자다. 시나리오를 선택할 때 기준은 이야기가 재미있느냐 아니냐이다. 단순히 재미를 위한 재미가 아닌 이야기 안에 충분히 공감할 만한 요소가 있고, 연기적으로 다양한 접근 가능성을 열어주는 작품을 택한다.

'이 이야기를 어떻게 하면 더 잘 전달할 수 있을까?'
배우로서 가지는 영원한 화두다. 시청자나 관객에게 그 재미난 이야기를 잘 전달하는 것이 나의 역할이다. 역할과 이야기를 잘 전달하기 위해 대본을 읽고, 읽고, 또 읽는다. 인물과 인물 사이의 관계를 따져보고, 생각해보고, 필요한 책이나 자료가 있다면 작은 것이라도 찾아본다. 그 다음은 현장이다. 현장에서 연기를 하는 순간 느끼는 감정들을 감독과 이야기하며 씬을 만들어간다. 나, 유준상이라는 사람에게 집중하기보다 내가 맡은 역할에 더 집중하다 보면 그가 했을 질문이 내 것이 된다. '그 인물이 왜 이랬을까?'에서 '내가 왜 그랬을까?'까지에 이르지만 그것에 매몰되지 않는 것 또한 중요하다. 내가 그 역할이 되는 것과 내가 그 역할을 표현하는 것 사이를 아슬아슬 곡예한다.

연기에 대한 열의가 느껴지는 요즘이다. 공부하고 알아가는 것들이 차곡차곡 내 안에 쌓이는 느낌이 좋다. 힘들고 어려운 여정이기도 하지만 깊이가 더해 갈수록 새롭다. 책 한 권의 전체 내용에 깊이가 있을수록 한 줄의 어휘에 도취되거나 빠지지 않는 것처럼 전체가 마침내 하나가 되도록 한 씬의 연기에 도취되지 않는다. 이야기로 돌아가 전체를 본다. 이야기가 목표하는 곳까지 도달할 수 있도록 페이스를 조절한다.

작가 혹은 연출가가 가고자 하는 방향을 잘 따랐을 때 더 좋은 결과물이 나온다는 것을 어느 순간부터 알게 되었다. 감독이 오케이를 하면 그것으로 충분하다. 그것이 제일 중요하다. 무대에서도 마찬가지다. 연출가가 주는 디렉션을 최대한 지키려고 노력한다. 왜냐하면 나는 이야기 전달자이기 때문이다. 이야기 전달자로서 나는 오늘도 훈련하고 또 훈련한다. 인물과 이야기를 잘 표현하는 보다 더 나은 내가 되기 위해.

내가 나로 산다는 것

나는 무엇을 위해 사는가.

끊임없이 묻지만 돌아오는 답은 없다. 단지 오늘도 산을 오르고 맨발로 땅을 만날 뿐. 땅에 몸을 얹어서 우주의 기운을 받아내고, 나무에 두 손을 포개어 영혼의 맑음과 심신의 평온을 느낀다.

나는 얻고 싶지도, 묻고 싶지도 않다.

자연스럽게 알게 되기를 기다릴 뿐.

오늘 또 눈 깜짝할 사이에 시간은 새벽으로 향한다. 조용한 빗소리가 나를 깨워준다. 그 깊이가 나를 적신다. 어제와 오늘은 특별한 날이기도 하다. 어제는 양양 휴휴암에서 108배를 했고 오늘은 낙산사에서 108배를 했다. 그리고 돌아오는 길에 미천골자연휴양림에서 맨발 수행을 하며 파도같이 거칠게 흐르는 계곡의 물소리를 벗 삼아 풍월을 노래했다. 자유로움. 눈이 번쩍이는 느낌이었다. 지혜를 갈구하며 나를 조용함 속에 내려놓았다.

발이 아직도 불을 뿜는 듯하다. 땅의 기운과 통하였으리라. 좋은 에너지는 단순히 생각에서만 나오는 것이 아니라 일상의 순간들이 뭉쳐져 삶의 결정체를 만든다는 걸 다시금 느낀다.

'어떤 삶을 살 것이냐.'

이것은 물음이면서 동시에 끊임없이 부르고 외치는 진리다. 그 진리의 참뜻을 오늘 조금이라도 느꼈다면 그것으로 된 거다. 오늘 빗소리가 간결하다. 그래서 참 좋다.

즐기는 자가 결국 남는다

오늘 공연 흐름이 참 좋았다. 소리의 훈련이 점점 완성되는 느낌이다. 소리의 운영을 공연을 통해 할 수 있다는 건 중요하다.
끝없는 노력은 어느 순간엔 꼭 보답한다는 걸 잊지 말아야 한다. 그리고 높은 곳이 그렇게 중요하지도 않다는 걸 알아야 한다. 매 순간 최선을 다하고 그 순간순간을 즐기는 것. 나이를 한 살 더 먹는 이 시점에서 가장 중요한 마음가짐이다.

오후의 시간을 맞이하는 지금,
좋은 햇살이 몸을 감싼다.

막공에 임하는 자세

하나, 대사 하나하나 더 차분하게, 한 음 한 음 더 정확하게, 더욱 더 캐릭터에 맞는 표현을 찾는다.

둘, 슬픔은 최대한 참고 항상 했던 마음가짐, 초심을 잃지 않기.

셋, 죽을힘을 다해 무대에서 쏟아붓기.

넷, 착잡한 마음을 추스르고 더 즐기기.

다섯, 바삐 돌아가는 중에도 나를 찾는 시간 만들기.

어느덧 만나기 싫은 날이 찾아왔다. 이것도 삶의 어느 행복했던 날로 기억되겠지만 또 언제 다시 올지 모르는 시간이기에, 그것을 내가 인지하고 있기에 더 슬프고 아름답다. 오늘이 지나면 또 언제 이 공연을 할 수 있을까? 지나가는 순간을 붙잡지 못하는 인간의 나약함을 느낀다.

눈물을 참는 건 어려워. 아름다움은 정말 찰나이구나. 50세의 첫 공연이 이렇게 흘러간다. 종합선물세트 같은 시간이었다. 눈물이 날 정도로 재밌었다.

기억은 순간이 되어 남고, 나는 그 기억을 더듬는 일개 미련한 인간이기에 오늘이 흘러감을 무력하게 바라본다. 무대 한 곳 한 곳, 한 씬 한 씬, 친구들 한 명 한 명 눈에 선명하게 담는다. 울컥함을 삼키며 2막의 공연을 연다. 영원할 순 없지만 영원히 기억될 순간들을 위하여.

지나가는 흐름이여,
부디 나를 스치고 지나가길. 안녕.

씻어내는 날

갑자기 천둥 번개가 치면서 시원한 비가 쏟아진다. 조그마한 화분에 조그맣게 심은 것들이 아름답게 계속 피어난다. 청사초롱처럼 대롱대롱 매달린 꽃이 살랑살랑 춤을 춘다. 아직 더운 여름이지만 꼭 가을 같은 바람이 분다.

참 유익한 시간을 보내고 있는 요즘이다. 천자문 공부도 하고, 붓으로 서예를 하거나 산과 꽃을 그리며 마음을 비우는 시간을 자주 가지고 있다. 우리의 것을 보면서 마음가짐을 편하게 만드는 시간은 무엇과도 바꿀 수 없다.

비를 듬뿍 맞은 새들이 소리를 낸다. 아침을 깨울 때 내는 소리와 사뭇 다르다. 가야금과 기타로 만든 노래를 듣고 있는데 천둥 번개가 내 귀를 스치며 노랫가락을 흔든다. 이런 오후를 만날 수 있어 참 좋다. 저 멀리 나무에 앉은 까치는 꼬리를 위아래로 흔든다. 노란 장미가 힘차게 꽃을 피워낸다. 엊그제 봉오리가 맺혀 있더니 벌써 다섯 송이 꽃을 내보냈다. 바람이 그쳤다가 다시 내 몸을 통과한다. 지붕 위 처마 끝에서 미처 흐르지 못한 물방울들이 순서를 정하지 않고 조금씩 떨어진다.

독일의 화가이자 조각가인 알브레히트 뒤러는 '예술가의 참된 천부성은 자연으로부터 미를 끌어내는 것'이라고 했다. 예술은 자연 속에 담겨져 있기에 자연에서 예술을 끄집어낼 수 있는 사람만이 예술을 소유할 수 있다고 기술했다. 나 또한 자연을 소유하고 자연을 탐색한다. 무엇 하나 나무랄 것 없는 배열과 어느 하나 건드릴 필요 없는 자연을 보며 찰나의 아름다움을 연구한다.

이번 역

이번 정차역은 시절, 시절입니다.

안타까워도 지나가는 시간들이니

아쉬워도 보내주세요.

아름답게.

그저

또 연습이다. 연습이 안 되면 아무리 좋았던 상태도 사라진다. 항상 점검하고 연습하며 앞으로 다가올 시간을 대비한다.

누구나 자기를 대기만성형이라 생각한다. 그만큼 누구나 삶의 굴곡을 겪어왔다고 자평한다. 난 이제 그러지 말아야겠다. 결국 나의 시간은 다시 나에게로 온다. 돌이킬 수 없는 시간이 돌고 돌아 다시 제자리로 오기에 나는 그저 계속 나아갈 수밖에.

'나는 무엇을 위해 살 것인가?'
다시금 모자란 나를 돌아본다.

겁이 나기도 해

겁을 먹었어.

순간…. 그럴 수 있잖아.

너무 힘들어서 심장 소리가 엄청 커졌어.

어떻게 해야 할지 몰랐는데

다시 마음을 다잡았어.

그리고 차근차근 내가 해야 할 일을 해나갔어.

무대 위에서였어.

그렇게 힘들면서도 행복한 시간이 또 지나갔어.

아직도 느껴져, 그 순간들이.

똑똑똑.

여보시오.

심히 내 말을 들어보오.

종잡을 수 없음이야말로 바로 마음이 흐르는 이치잖소.

발버둥 치지 마오.

이미 충분히 움직이고 있잖소.

그대, 고요를 보았는가.

환희를 맛보았는가.

그럼 그 다음부터 달라질 거요.

아직 절실하다

절실하면 이겨낼 수 있다.

오늘도 가사를 잊어버리는 순간이 있었다.

떨리는 마음으로 1막 내내 다음 가사를 중얼중얼거렸다.

이겨내야 하는 순간, 갑자기 생각이 든다.

'절실하다. 절실하기에 이겨낼 수 있다.'

그래, 이겨내야 한다.

나는 아직 절실하다.

1막이 끝나고

공연이란 건 어떨 땐 편안하고 어떨 땐 계속 채찍질해야 한다. 집중과 집중이 연속되는 나날 속에서 또 빠져나와 허우적거리고 있는 내가 있다. 그럴 땐 노래와 소리에 신경 쓰기보단 감정의 결들을 만들어야 한다. 더 집중해서 상대 배역이 주는 에너지를 가지고 움직여야 한다. 항상 기본적인 질문들과 대답들이다. 벌써 무대에 오른 지 20년이 훌쩍 지났는데 똑같은 질문에 다른 느낌으로 도전을 받는다. 결국은 무대 위에서 이겨내야만 한다. 오늘도 또 굳건히 스스로에게 질문을 던지고 빈 허공의 조명들 속에서 한 줌의 공기와 이야기한다. 그렇게 힘든 시간들을 이겨낸다.

'더 잘해야지'보단 '더 충실하게' 씬과 씬을 향해 달려가야지. 내 인물에 믿음을 가지고 더 밀도 있게 움직이자. 다시 2막이 시작된다. 힘을 내야 한다. 매일매일의 상태가 내 의지 위에 서 있어야 한다. 가자. 다시 무대 위로 향한다.

무대가 인생이다

무대에 그렇게나 많이 서고 연습을 그렇게나 많이 했는데 가사가 가물가물하거나 연습한 것보다 잘 안 될 때는 무섭다. 그보다 무서운 건 세상에 없을 거다. 무대 위는 살벌한 인생의 장이다.

편하게 무대 위를 뛰어다닐 땐 앞으로의 모든 공연이 다 잘될 것 같은 자신감이 넘치고 힘이 차오른다. 그렇지 않은 날을 겪을 땐 얼마나 조마조마한지….

그럼에도 이겨내야 한다. 나를 꾸짖고 자책하고 수없이 다시 연습해본다. 다른 방법이 없네…. 결국은 나를 컨트롤하고 격려하고 또 해내야 한다. 마음을 크게 먹어야 한다.

오늘도 새로운 공연이 시작된다. 무대 위에서 또 다른 나를 마주한다. 편안하게 명석하게 신나게 때론 세심하게 나를 맞이하자. 준상아! 실패를 거듭할수록 더 값진 너를 만날 수 있어. 힘내자, 오늘도!

나는 지금 살아 있다

용기를 낸다는 것.
그것은 내가 도전하고 있다는 뜻이다.
그리고 살아 있다는 뜻.

알고 있어도 실천을 못 하는 건
용기가 없어서다.
그 용기를 키울 때다.
살아 있을 때다.

나를 지키는 유일한 길

열심히 무술 합을 마치고 돌아왔다. 집에서 발성 연습을 계속하면서 소리의 길을 정확히 찾아서 연습하는 것이 얼마나 중요한지를 느낀다.

이이이이 이오오오오 오우우우우
연습 후 후잉으로 소리를 열어서 그쪽 공간에
미아미아미아미아 연습. 그걸 또 연습.
뮤지컬 〈삼총사〉 노래도 대입해보고 싱글로 나올 노래도 연습한다. 꾸준히 연습하는 길만이 있을 뿐이다.

어제는 2만 6천 보를 걸었다. 아침에 일어나니 조금의 후유증이 있었지만 옛날만큼은 아니었다. 그만큼 체력이 좋아졌다는 증거다. 훈련 보람이 있다. 더 힘을 내서 나를 지켜야겠다.

후! 하! 후! 하!

호흡 연습기는
복식 호흡의 틀을 만들어준다.
열심히 해본다.

재미없다.
느는 게 안 보이니까 더 재미없다.
안 보이는 일투성이다.

그래도 해야지.
느는 게 보여도 어쩔 거야.
이거는 이대로 또 재밌어.

몸과 마음

상념의 시간이 점점 더 길어진다. 그럴 땐 나를 더 자유롭게 만드는 시간의 종류를 선택한다.

"어떤 시간을 드실래요?" 묻는다면, 조금의 고민도 없이 '편함'보다는 '편하지 않음'을 택한다. 끝없이 훈련하고, 연습하고, 통찰한다. 배우고 습득하고 다시 연습하면서 확실한 순간을 부여한다. 여전히 채워나가야 할 부분들이 느껴진다. 목표가 세워진다. 더 많은 열정이 50의 나이에도 꿈틀거림을 느낀다.

"의지력의 문제군."

내 배를 쓸어본다. 습관이 돼버린 행동이다. 선명한 근육을 손바닥으로 느끼며 나를 격려한다. 그 어느 시기보다 신중하고 용감하다. 언제나 똑같다. 기본과 기초가 자유를 만든다.

연습만이 살 길

소리의 길을 찾기 위해 계속 연습한다.

연습만이 살 길이다.

진짜 연습만이 살 길이다.

잘되는 날도 있고 그렇지 않는 날도 있다. 내가 원하는 대로 되려면 더 많은 노력이 필요하겠지. 지치지 말고 해야지. 좋은 정신과 끊임없는 연습만이 내가 가야 할 길이다.

더운 마음

봄이 간다.

자고 일어나 갑자기 피어난 꽃을 보니 탄성이 나왔다. 꽃 덕에 계절이 알려진다. 이제 겨우 찾아온 봄인데, 벌써 봄이 간다고 표현할 만큼 시간이 내 주위를 빙글빙글 빠르게 돌고 있다.

불안과 불만은 어디서 생겨나는 걸까? 부족함을 채우려 하루하루를 사는데 오히려 부족함이 늘어나 부담스럽고 부끄러워진다. 무엇이 정답인지를 수십 년 넘게 물으며 다가가지만 답을 들을 수 없어 공허한 마음만 허공을 가로지른다.

내가.

나는.

어디로 가고 있는지.

모르는 소리로 가득 차 간다.

알 수 없었던 별이 진 자리에 빈 하늘만 남아 있는 아침. 오후가 되는 건 시간 문제인 양 구름은 무심히 제 갈 길을 간다. 아름다움을 미처 느끼지 못했던 공기 한 모금을 조심스레 마셔본다. 그리고 다시 내뱉으며 나직이 말해본다.

"아름다웠네."

그렇게 소소한 일상이 내 마음을 달궈준다.

덥다.

이제 여름이 오려나 보다.

3.

고난이여, 내게 와라

잘되려나 보다

#1. 연습실

준화는 기타를 만지작거리며 어제 작업한 곡을 듣고 있다.

준상 (문을 벌컥 열고 들어오며) 어우~ 추워~. 준화야, 어저
께 만든 거…. 어, 듣고 있구나!

준상은 준화와 마주 보고 앉는다.

준상 준화야, 이거~ 아주 좋은 것 같아. 약간 변화도 있고
느낌이… 오는 느낌이 있어. 막 흥얼거리게 되고 어때?

준화 네. 좀 그런 편인 것 같습니다.

준상 잘되려나?

준화 잘될까요?

준상 안 된다는 법이 어디 있어? 사람들은 어차피 우리 노
래 잘 모르잖아.

준화 (상처받는다) 뭐 그렇긴 하죠.

준상 다음 앨범 타이틀은 이걸로 하자. SPRING SONG.

봄의 노래. 언제?

내가 연출한 세 번째 음악영화 〈스프링 송〉의 첫 장면이다. 실제로 준화와 음악을 만들면서 나눈 대화가 짠하면서도 재미있어서 그대로 영화에 넣었다.

나는 배우지만 음악과 영화는 내 꿈이다. 배우로서 더 좋은 영감을 얻기 위해 노래도 만들고 영화도 만든다. 고등학생 때 '언젠가 내 음악을 만들어야지!'라는 꿈을 갖고 그때부터 꾸준히 음악을 만들어왔다. 그렇게 모아온 음악으로 40대 중반 첫 번째 앨범 〈JUNES〉를 발표했다. 이제 100곡이 넘는 곡을 발표한 10년 차 음악인이지만, 아무도 모른다.

대학 때 영화 연출을 전공하면서 '언젠가 내 이야기를 영화로 만들어야지!' 품었던 꿈 역시 40대 후반 첫 번째 음악영화 〈내가 너에게 배우는 것들〉을 만들면서 조금씩 펼치고 있다. 지금까지 다섯 편의 영화를 연출했지만, 역시 아무도 모른다. 아무도 안 듣고 아무도 안 본다.

사실 아무도는 아니다. 내 음악을 듣고 내 영화를 본 고마운 사람들이 당연히 있다. 하지만 많이 배고프다. '언젠가 누군가 듣겠지, 언젠가 누군가 보겠지'라는 마음으로 노래를 만들고 이야기를 만든다. 그럴 때 자주 하는 말이 있다.

"야, 이거 잘되려나 보다!"

잘 안 된 게 대부분이었다. 그렇지만 난 오히려 무언가 일이 잘 안 풀리고 있을 때 함께하는 사람들에게 얘기한다.

"야, 이거 우리 잘되려나 보다!"

이런 말을 한다고 잘 풀리는 건 아니다. 하지만 뭔가 잘 안 되고 잘 안 풀릴 때 "잘되려나 보다"라고 말하면 함께 있는 사람들이 피식 웃는다. '웃어서 다행이다'라고 생각하면서 나도 피식 웃는다. 그럼 왠지 조금씩 잘될 것 같은 기운이 든다.

나를 위한 위안이기도 하다. '잘, 되, 려, 나'는 미래에 대한 이야기이기 때문에 지금 당장 안 돼도 크게 낙담하지 않는다. 실망 또한 하지 않는다. '언젠가 누군가 듣겠지, 언젠가 누군가 보겠지'라는 마음도 마찬가지다. 바람과 기다림이 길어도 언젠가 될 거라는 긍정의 힘을 믿는다.

나의 '음악'과 '영화'가 외면받아도 너무 속상해하지 말자. 여전히 꿈을 향해 달려가고 있다는 것만으로도 충분히 소중하니까.

#54. 차 안

준상은 출판사에서 미팅을 마치고 다음 스케줄 장소로 이동 중이다.

준상　(옆에 앉은 스태프를 보며) 오늘 미팅 잘한 것 같아. 재밌었어.

스태프　맞아요.

준상　왠지 이번 일은 잘되려나 보다.

준상과 스태프는 웃으면서 주먹 인사를 한다.

이건 이것대로 좋아

바다에 왔다. 요즘 몸이 좋지 않다. 아프면 아픈 대로, 좋으면 좋은 대로 내가 얻을 수 있는 것들이 있으니까. 살다 보면 이겨내기 힘들지만 이겨낼 수 있는 것들이 생기기 마련이다. 그렇기 때문에 쉽게 좌절해서도 안 되고 무기력해져도 안 될 것이다.

파도 소리가 사알-살 귓가에 들이닥친다.
좋은 거야. 귀가 아직은 잘 들려서.
시간에 또 나를 맡겨본다.

그러게

그러게.

내가 입버릇처럼 하는 말이다. 나는 왜 '그러게'라는 말을 할까? 긍정의 의미를 스스로 한 번 더 확인하기 위해서 하는 말 같다. 누군가의 얘기를 듣고 '너 말이 맞아' 공감하기도 하고 나를 안심시키는 말이기도 하다. 나는 좀 심하게 긍정적인데 긍정을 공부하면서 더 긍정적이게 된 것 같다.

지방에서 드라마 촬영을 마치고 근처 사찰에 갔을 때다. 법당 앞에서 스님 한 분을 뵈었는데 스님께서 나를 가만히 보시더니 말씀하셨다.

"긍정적인 에너지가 많이 느껴지네요."

"네. 긍정적으로 살려고 노력합니다."

내 대답에 스님께서 말씀하셨다.

"저는 사실 긍정을 매일 공부하고 있습니다."

"어! 스님도 공부하세요? 긍정을요?"

"네, 그럼요."

"저도요! 저도 어떻게 하면 더 긍정적일 수 있을까 계속 공부하고 있어요. 우와! 저도 스님과 같은 공부를 하고 있었던 거네요."

스님과의 만남을 뒤로하고 집에 가는데 자꾸 웃음이 났다.
'그래, 스님도 긍정을 정진하고 수행하시잖아. 내가 긍정적인 삶을 공부하는 것도 잘하고 있었던 거네. 그러게. 그런 거였네…. 그러게.'

+ 긍정의 좋은 점

　하나. 힘든 상황에서 빨리 빠져나온다.

　둘. 해도 그만.

　셋. (찾는 중)

− 긍정의 안 좋은 점

　하나. 부정적인 사람을 만나면 힘들다.

　둘. 안 해도 그만.

　셋. (찾는 중)

깜빡했다

생각해본다.

걱정할 건 아니야.

다행이야.

맞아! 다행이 있잖아!

그러네, 다행이네.

작은 존재

바다와 바다를 이어
땅과 땅이 만나
커다란 세상을 이루었네.

그 속에서 아주 작은 무리일진데
그 무슨 커다란 욕심에 사로잡혀 헤매는가.

그저 하루하루 건강하게 지나갈 수 있음에
내가 나를 위해 무언가를 할 수 있음에 감사하자.

어느덧 아름다운 나이가 되었다

똑. 똑. 똑. 똑.

메트로놈 60bpm.

시간은 정확히 내 옆을 지나간다.

세월은 세월대로 흐르고

나는 나대로 흘러서

어느덧 반백 년이다.

참 부지런히 살아왔다.

다시 또 부지런히 살고 싶네.

아는 거 있어도, 다시 배우면서 살고 싶네.

어느덧

아름다운 나이가 되었다.

가볍게 내려놓는 기술

나에게 오는 시련을 행복이라 한다.
가볍게 받는 만큼 가볍게 풀어지니
무거운 마음도 가볍게 내려놓는 마음의 기술을 배우려고 한다.

나이를 먹는 건 시련의 시간을 맞이해도
침착하게 이겨낼 수 있을 거라는 선심善心이 생겼다는 것.
그렇게 세월을 수행한다.

버티고 있다면 잘하고 있는 것

배우라는 직업을 가진 사람이 해야 할 일은 사람 관찰과 이야기 성찰이다. 나쁜 역을 맡을 때도 있고 여러 가지를 경험해봐야 하기에 관찰이나 성찰이 나도 모르게 몸에 계속 쌓여간다. 기술적인 부분들도 는다. '어떻게 하면 여기서 더 잘할 수 있을까?'를 계속 고민한다. 결국은 진심인데, 이 진심이 항상 다 통하지는 않는다. 나는 진심으로 했어도 받아들이는 건 사람마다 다르다.

"저 배우 연기에서 진짜 진심이 느껴진다."

"저 배우는 연기가 맨날 똑같아."

"저 배우 아직까지 버틸 줄은 몰랐네. 안쓰럽다, 안쓰러워."

"저 배우 지금도 공연을 하는구나. 계속 응원해줘야겠어."

좋은 반응에는 힘이 나지만 나도 사람인지라 단소리보다 쓴소리가 더 크게 들린다. 아프게 꽂힌다. 모든 사람들에게 인정받는 배우가 된다면 좋겠지만 그건 욕심이다. 모든 사람들이 내 연기를 좋아해줄 수 없고 나도 연기로 모든 사람들을 만족시킬 수 없다. 그저 나를 조금이라도 진심으로 봐주는 사람들, 진심이 통하는 사람들을 위해서 가는 거다.

음악도 그렇게 시작했고, 영화감독도 그렇게 시작했다. 첫 번째 앨범을 발매하고 쇼케이스를 열었을 때 기자들의 반응은 냉담했다. 팔짱을 끼고 앉아서 '어디 얼마나 잘하나 보자'라는 눈빛을 보내는데 배우로 수많은 무대에 서봤지만 주눅이 들었다. '배우나 하지 왜 음악을 하느냐, 음악은 아무나 하는 게 아니다'는 식의 질문들도 상처였다. 쇼케이스를 마치고 오기가 생겼다.

'당신들이 음악을 하는 내 마음을 어찌 알까! 내가 음악에 얼마나 진심인지, 음악을 좋아하는 사람이라면 누구나 자신의 음악을 할 수 있다는 걸 증명하겠어!'

하지만 그것을 보여주는 건 쉽지 않았다. 예능이나 음악 프로그램에 나가면 나의 음악활동을 자기 분야에서 어느 정도 자리를 잡아 경제력을 갖춘 사람의 취미생활 정도로 치부해서 또 상처만 받았다. 처음 연출을 한 음악영화로 국제영화제에 초청을 받았을 때에도 비슷했다.

"배우 유준상인 거 모르고 들었는데 노래 되게 좋네요."
"이 유준상이 그 유준상이었어? 목소리 되게 감미롭다."
"오~ 기대 안 했는데 재밌네! 곳곳에서 빵 터짐요."

"삶에 대한 깊은 성찰이 보이네요. 감독 유준상도 응원합니다!"

다행히 내 음악과 영화를 좋아해주는 소수의 사람들이 있어서 위안을 받는다.

'배우로 사람들이 알아보기까지도 20년이 걸렸는데 음악도, 영화도 시간이 걸리는 건 당연해. 지금의 평가에 연연하지 말자. 조급해하지 말자. 언젠가 누군가 듣겠지. 언젠가 누군가 보겠지.'

이렇게 마음에 새기며 계속하고 있다. 내 생에서 안 되면 우리 아이들 생에서는 될지 어떻게 아나. 그렇게 그냥 하는 거다.

10년째 계속 작업을 하니까 조금씩 알아봐주는 사람들이 생겼다. "취미로 잠깐 하다가 그만 둘 줄 알았는데 진심이었군요. 응원합니다"라고 말해주는 사람들도 꽤 있다. 이런 말 한마디가 다시 창작을 할 수 있는 원동력이 된다.

결국은 버텨야 된다. 버텨야 욕도 칭찬도 받을 수 있고 돈도 벌 수 있다. 버티고 있다는 건 계속 뭔가를 할 수 있다는 것. 성과가 없다 해도 무언가를 만들고 있다면 그건 도태되는 게 아니다. 이미 하고 있는 것 안에서 새로운 생각을 해야 하니까 힘이 들 뿐.

계속 무언가를 하면서 버티고 있다는 건 지금 그 일을 너무 잘하고 있다는 거다. 물론 불안한 마음은 온다. 이렇게 하는 게 맞는지, 언제까지 버틸 수 있을지 그런 마음은 수시로 들이닥친다. 그런데 재밌는 건 자세히 들여다보면 그 불안 때문에 또 살아간다는 거다. 다 똑같다.

맞아

더디면 어때?
천천히 가는 거지.

긍정의 힘

가끔 상냥함을 놓칠 때가 있다.
순간 나를 놓아버리거나
누군가를 너무 의식하거나
그럴 때가 오면 나를 잡아줘요.
다시 미소 지을 수 있게.

기쁨이 있는 곳에 내가 함께하길.
그 무엇이 다가와도 기쁨으로 만들
긍정의 힘이 내게 있기를 바라봅니다.

빗소리에

비가 계속 내린다.

누구를 위해 내 삶을 사는 것이 아니기에,

이렇게 고요한 시간이 되면 나를 새삼 돌아보며 사색한다.

빗방울 소리에 귀를 대고

빗방울 크기에 마음을 기대본다.

오늘이 간다.

다행히 내일도 오늘이 되니까 다행이다.

저벅저벅.

발자국 소리를 내며 걸어본다.

'얼마 만에 이런 소리를 내면서 걸었지?' 곱씹어본다.

머리 위로 펼쳐지는 빗소리가 나란히 내 마음을 움직인다.

'행복하다는 생각을 언제 해보았지?'

'몰라. 너무 오래되었지.'

'비를 맞으며 뛰어본 적은 언제야?'

'몰라. 너무 오래되었지.'

발에 밟히는 돌 소리가 선명하다.

'아득함이라는 말 생각나?'
'아득함?'
'응, 네가 했던 말이야. 너무 아득하다고.'
'흠흠. 기억이 안 나. 하지만 알 것 같아. 우리가 있던 자리, 그 아
득함. 홀가분하지도 후련하지도 않아.'
'아, 그러고 보니 비를 계속 맞고 있네. 괜찮아?'
'응, 괜찮아. 우리를 스치고 지나갔어.'
'뭐가?'
'선명했던 순간이… 아득해졌어.'
'아름다웠겠구나.'
'덕분에.'
'그래, 고마워.'
'안녕.'

바보 나

고통이 주는 깊이는 나를 더 바람 불게 한다. 내가 바라본 하늘
은 왜 매일 다를까?
'응. 내 마음이 다르니까.'
깊게 불어오는 바람에 마음이 사정없이 노출되어 나부낀다. 실
타래가 흩날리듯 겹겹이 흔들린다.

'바보 같아…'
'맞아, 바보야.'

그게 내 삶이란 게 웃음이 난다. 보이지 않는 이 웃음을 아는 사
람은 아픔을 자신에게 새겨놓은 사람이 아닐까? 쓸쓸함이 파도
에 매달려간다.
마음이 가는 대로, 시간이 흘러가는 대로 의지와 의미가 되었던
마음의 소리가 다시 흩어지고 사라져도 미련을 갖지 말자. 자연
스럽게 맞이하자.

벤허 막공 전날에

새벽은 고요해야 한다.
그것은 새벽의 고유 권한이어야 한다.
세상의 법칙이 그러하듯이 그랬으면 해.

긴 여운이 빛을 남긴다.
사람은 태어나는 거고 주어진 삶을 살아가는 거다.
스스로 해결해가는 여정이다.
그곳에서 굽이친 감정의 굴곡을 맛본다.

내 시간은 아주 조금의 빈틈만을 남겨놓은 채 여지없이 흘러간
다. 굴복하진 말자. 지나가는 하루일 뿐이니까. 거창해질수록 지
저분해져. 그냥 일상이야. 그곳에서 네가 해결해야 돼. 힘들게 생
각하진 마, 다 과정이니까. 손목에 붙들린 시간의 소리에 움직인
다. 그렇게 시간은 흐르고 완성되었다가 다시 흐트러진다. 그러
니 붙잡아두지 말자.

고민은 고독 속에서 그려진다. 나이를 먹어도 고독과 통하는 길

목에서 난 곡예비행을 한다. 누구에게도 소란을 피우지 않는 게 일단은 내 목표다. 그냥 서글퍼 눈물이 나기도 한다. 울어도 눈물이 나기에 다행이라 생각하며 가던 길이나 가련다. 뭐 중요한 것도 아닌데, 하며 내가 가려던 길이나 계속 가련다. 고독이 스치는 공간에서 난 다시 높게 비상한다.

여행

2박 3일 일정으로 일본에 간다. 인터뷰를 마치고 이른 아침 비행기를 탄다. 오늘 하루는 계속 미술관을 돌아다닐 예정이다.

다시 또 출발이다. 여행에는 시작과 도착이 있다. 마치 작은 인생을 경험하는 것 같다. 그래서 여행은 뜨겁다.

미술관 열 군데를 보았다.
도쿄도 미술관
도쿄 국립 박물관
국립 과학 박물관
국립 서양 미술관
도쿄 문화 회관
가쓰시카 호쿠사이 전시
르코르뷔지에 전시
우에노 모리 미술관
두 곳은 생각이 나지 않는다.
지나가다가 들어간 작은 미술관이었는데….

미술관에서의 시간들이 참 즐거웠다. 어느 순간부터 미술을 보는 것이 좋아졌다. 상상을 자극시키고 호기심을 갖게 하는 자상한 길잡이처럼 나를 편안하게 한다.

'이곳엔 무엇이 있을까?' '어떤 그림자가 창을 통해 들어올까?' '손잡이는?' '계단은?' '뮤지엄 스토어는 어떻게 생겼지?' 등등 많은 궁금증을 쏟아내고 미술관 문을 나설 때는 기분 좋은 경쾌함으로 가득해진다.

아름다움을 아름다움으로 볼 수 있는 것, 그것만으로도 큰 기쁨이고 행복이다. 또 하나의 여행이 끝나간다. 많은 사연과 이야기가 담겨진 시간들. 내 삶의 힘이 되기를.

우리는 함께 시간을 등진다

아이들과 경주에 왔다. 신경주역에 내려서 렌트한 차를 몰았다. 멈추고 싶은 곳에서 멈추고, 다시 출발하고 싶은 곳에서 출발했다. 아이들은 기찻길에서 사진을 찍고 무열왕릉을 바라보며 달리기 시합을 한다. 2박 3일 동안 TV도, 핸드폰도, 컴퓨터도 없이 지내자고 약속한 경주 여행. 서로 신나게 재미있는 문제를 내고, 맞추면서 솔거미술관으로 향했다. 이곳에서는 소산 선생님의 그림을 상시 볼 수 있다. 선생님의 장엄한 그림에 아이들이 놀란다. 미술관을 마음껏 휘젓는 아이들의 해맑음에 기분 좋게 오후가 지나간다.

여태껏 내가 먹어본 식당 중 베스트 3위 안에 드는 봉계의 고깃집에서 육회와 고기로 저녁을 먹는다. 동우는 밥 세 공기, 민재는 한 공기 반을 먹었다. 소산 선생님의 부인이시자 가톨릭 성화 작가이신 정미연 선생님과 함께 안압지를 산책했다. 그리고 약 200년 된 경주 교동 최씨네 '석등 있는 집'에서 한옥집 설명을 주인아주머니께 듣는다. 이어 숙소에서 얼음장같이 차디찬 물로 목욕을 했다. 5초 이상 물을 맞으면서 아이들과 견뎠다. 이제 옛날

나무문으로 만든 식탁에 다 같이 둘러앉아 글을 쓰며, 오늘 하루를 기억하고 기록한다. 전엔 투덜대기도 했는데 이젠 순순히 글을 쓰는 녀석들을 보니 기특하다. 좋은 습관이 되기를.

시원한 식혜를 마시며 겨울이 가는 계절을 녹여낸다. 아이들과의 여행이 더 없이 행복한 건 이 여행을 우리가 함께 즐기고 있다는 것, 그리고 앞으로 더 많은 여행을 함께할 수 있다는 예감이 들기 때문일 것이다. 동우가 울리는 종소리가 귀를 슬그머니 만져준다. 내일은 아이들과 템플스테이를 한다. 기대되는 내일이다. 밤 10시 30분이 지나는데 이제 우린 잠자리에 들려 한다. 시간은 그렇게 간다.

아이들은 아주 잘 잤다. 나도 비교적 좋은 잠을 자고 출발한 아침. 상쾌하게 나와 평상시엔 안 먹는 아침을 김치찌개와 달걀프라이로 든든히 배를 채우고 분황사지 석탑을 향해 떠났다. 아이들은 신나게 뛰고 또 뛴다. 황룡사 9층 목탑의 빈터에서 달리기를 하고 아이들이 호기심을 느낄 수 있도록 계속 역사 문제를 내주었다.

템플스테이는 한마디로 너무 좋았다. 국궁을 시작으로 점차 흥미를 갖기 시작한 아이들. 선무도 시범을 보러 갔다가 거의 유격 훈련에 맞먹는 훈련을 했다. 계단을 오르내리고 선무도의 수려한 모습을 본 후 생각지도 않은 수련 스님들과 축구 한판을 펼쳤다. (결과는 우리 가족의 4대 3 승리. - 민재 두 골, 1 어시스트, 준상 한 골, 1 어시스트, 동우 결승골) 그렇게 멋진 한판 승부 후에 타종을 치고 식사를 했다. 민재는 설거지를 자기 손으로 직접하고, 밥도 반찬도 남김없이 먹었다. 아이들이 무언가를 계속 버텨가며 할 수 있다는 건 좋은 일이다.

숙소로 돌아와서 찬물로 신나게 씻고 다시 선무도장으로 가서 삼배와 수련, 스트레칭, 발차기, 선무도 기본 동작, 영정좌관 호흡법까지 짧은 시간이지만 잊지 못할 기억들을 만들었다. 특히 영정좌관 호흡법은 앞으로도 계속 수행하고 싶을 정도로 유익한 호흡법이었다.

아이들은 이제 녹초가 됐다. 10시에 취침해야 돼서 걱정이었는데 저절로 잠들 것 같다. 첨성대에서 자전거 두 대를 빌려 함께 타고 움직였던 시간, 불국사에서 아이들과 걸으며 다보탑과 석가탑을 바라보던 순간까지 오늘 하루는 많이 함께한 시간이다. 우리는 이렇게 함께 시간을 등진다.

떠나고 다시 떠난다

좋은 곳을 많이도 가보았지. 가도 가도 끝이 없다. 세상은 참 넓기도 하다. 그래서 나는 매일 여행을 꿈꾼다.

아프리카에서 돌아오는 길에 나에게 묻는다.
'이제 돌아가면 어떡하지?'
'잘 지내야지. 그렇게 또 적응될 거야.'
'맞아. 많이 아쉽지?'
'시간이 또 그렇게 지나가는 거겠지.'
'맞아.'
'또 여행 가자.'

여행의 시간은 참된 가치를 어디에 두느냐에 따라 깊이가 달라진다. 내가 그 여행을 어떻게 생각했는가? 함께한 친구들과 또 내가 만난 사람들에게 서로 어떤 영향을 주고받았는가? 이런 시간들이 모여 하나의 이야기로 기억되고, 나는 후에 그것을 추억한다. 그래서 여행의 순간이 소중하고 아름답다. 곧 잊힐 많은 이야기들, 또는 기억과 추억으로 살아날 이야기들. 여행은 다시 씨를 뿌릴 수 있도록 밑거름을 만드는 시간이다.

눈에 담아도 금방 사라질 찰나이기에 너무나 아쉽다. 지금 어두
워져 가는 이 하늘빛과 아침이 오기 전의 태양빛은 무엇이라 표
현할 방법이 없다. 언어 이전의 세계로 돌아가 그저 바라본다.

이제 안녕이어도 돼.
다시 또 만날 수 있으니까.
일상으로 돌아가도 돼.
잊힐 거니까.
우리는 또 잊어버리고 잊혀지고 망각되어도
희미한 잔상으로 깨어나는 사람들이니까.
괜찮을 거야. 다시 시작할 거야.

자, 이제 도착.
다시 내일을 시작한다!

석등 있는 집

'석등 있는 집'에서 하루를 묵었다. 마음을 비우고 정신을 집중하기 위한 시간, 이곳은 고요하다. 누구의 시선도 소리도 없이 옛 선인들의 정취가 깃든 고요함이 마음에 깃털 하나를 놓는다.

촛불이 켜 있는 방. 전기도 없고 전등도 없는 방엔 나무를 때어 따뜻한 온기를 만들고, 바람을 가르는 새벽에 장작 타는 연기가 솟아오른다. 소나무가 울창한 창밖에는 얌전한 장독대가 자리를 지키고 앉아 수많은 별들을 받아낸다.

난 얼마나 무지한 사람이었나.
난 얼마나 모자란 사랑이었나.

자연 속에 잘못을 놓아두고 후련한 마음으로 잠을 청한다. 기다랗게 뻗은 나무가 공기를 매달고 가는 새벽. 촛불은 거침없이 정자세를 취하고 나는 그 황홀함에 취해 멋들어진 시간을 향유한다. 내가 가늠할 수 없는 생의 폭은 차곡차곡 쌓여가고 보이지 않는 글엔 생기가 채워진다.

세상엔 몰랐던 일이 너무 많기에 오늘도 물끄러미 하늘을 본다.

'참 많았네.'

그래도 어쩔 수 있겠나. 이제라도 알아서 다행이다. 아랫목에 누운 따뜻한 등이 나를 토닥여준다.

간절히

어디에 있든
아름답기를.

어디에 있든
이겨내기를.

간절함에
간절함을 담은
마음.

가볍게 살지, 뭐

단순함의 묘미.
순수의 단계에 머물러 살고 싶다.
가볍게, 가볍게.

누구나 특별하고 완벽한 사랑을 꿈꿔.
아름다운 사랑을 이루려 하지.
하지만 내 마음처럼 되지 않는 사랑.

좋았다가 서운하고,
고마웠다가 짜증나고,
업 됐다가 다운되고,
변덕스럽고 모르겠는 그 마음이 사랑이야.

삶도 똑같아.

이유가 대체 뭘까?
'이루려는 마음' 때문일까?

'완성하려는 욕심' 때문일까?

완성의 다른 말은 '끝'.
하지만 사랑에는 '끝'이 없지.
완성될 수 없다는 말이야.
마치 삶이 지속되는 것처럼.

그러니까 말이야.
사랑은 '하는' 거고,
삶은 '사는' 거라는 거지.
그러니 지치지 않으려면 힘을 빼고
깃털처럼 가볍게 살아봐.

어차피 끝은 없으니까.
어차피 끝내 완성되지 않을 테니까.

누군가 말하겠지?

"참 가볍네."

그래, 그럼 어때?
가볍게 살지, 뭐.

4.

나를 위해 뛴다

재미는 나의 힘

고등학생 때 진로를 결정하지 못하고 방황하고 있었다. 공부에는 취미가 없었고 헤비메탈 밴드를 하면서 친구들과 어울려 다녔다. 머리는 기르고 멀쩡한 청바지에 물을 빼서 입고 삐딱하게 반항하는 그야말로 질풍노도의 시기를 제대로 겪고 있었다. 그런 순간에 고3 담임이셨던 이만희 선생님께서 내게 말씀하셨다.

"준상아, 네가 갈 곳은 연극영화과밖에 없다."
"네? 그게 뭐 하는 과예요?"

선생님을 만나지 않았다면 나는 지금 무슨 일을 하고 있을까? 기타리스트가 되었을까? 여행가가 되었을까? 선생님 덕분에 마음을 다잡고 공부해 영화연출 전공으로 동국대학교에 들어갔다. 연출을 잘하려면 연기를 알아야 하니 연기 수업도 같이 받았다.
1학년이 끝나갈 무렵 과에서 준비한 공연을 소극장 무대에 올렸다. 그날이 바로 내가 무대에 처음 선 날이다. 작은 배역이었는데도 손발이 덜덜 떨렸고 뭘 했는지도 모르게 연기를 하고 내려왔다. 신기한 경험이었다. 내가 하는 연기에 사람들이 울고 웃었다.

관객은 학생들의 부모, 가족, 지인이 대부분이었는데 공연에 푹 빠져서 함께 느끼고 있다는 것이 정말 짜릿했다. 그날 이후 나는 관객들을 울게 만들고 웃게 만들고 싶어졌다. 어떻게 하면 저 사람들을 울고 웃게 할 수 있을까를 고민하는 사이 학생에서 배우가 됐다.

배우는 끊임없이 반복하는 사람이다. 운동선수가 경기가 없는 날에도 훈련을 하듯, 피아니스트가 하루도 빠짐없이 피아노 연습을 하듯, 배우 역시 일이 없어도 매일 스트레칭을 하고 목소리를 체크하고 노래 연습을 한다. 지루한 작업이다. 느는 건 더디고 하루라도 안 하면 바로 티가 나니까.

공연을 할 때면 집에서 매일 '런'을 돈다. 런은 공연의 처음부터 끝까지 똑같이 해보는 걸 말한다. 상대역 없이 혼자 대사 치고 노래하고 연기하는 것이 쉽지는 않다. 공연장으로 가는 차 안에서도 대사를 중얼중얼 외우고, 공연장에 도착해서는 배우들과 합을 맞춘다. 공연을 마치면 오늘의 공연을 복기한다. 어느 대사의 흐름이 좋았는지, 꼬인 동선은 없었는지 다음 공연을 위해 하나하나 되새겨본다. 공연이 없을 때는 연습만이 살 길이고 공연을 할 때는 반복만이 살 길이다. 힘들다고 그만할 수 있는 것이 아니라서 계속할 수 있는 방법으로 재미를 찾기 시작했다. 내가 재미있어야 관객도 재미있을 테니까.

재미를 찾는 방법 중 하나는 '익숙한 것으로부터의 탈피'다. 재미를 일부러 만들어내는 게 아니라 연기에서 자연스럽게 찾는다. 위트와 페이소스가 깃든 이야기를 찾아 출연하기도 한다. 어쩔 수 없이 정형화된 것들을 해야 할 때도 있지만 항상 '내 삶만큼은 정형화시키지 말아야지'라고 생각한다. 나를 가두지 않고 자유로워지려 한다. 일탈은 아니다. 배우라는 직업은 자유롭지 않으면 창작이 나올 수가 없다. 또 반대로 규율을 지키지 않으면 창작이 나올 수 없다. 그렇기에 내가 할 수 있는 범위 내에서 자유를 찾는다.

2015년 6월에 있었던 일이다. Jnjoy 20 뮤직비디오를 찍으러 준화와 나, 촬영 감독과 스태프들이 함께 촬영 장소로 가는데 갑자기 차가 고장났다. 급하게 정비소에 차를 맡겼고 다섯 시간이 걸

린다는 대답을 들었다. 대안이 없었다. 별수 없이 출발을 오후로 늦췄다. '으이구, 이 바보야! 미리 정비를 해놨어야지!' 자책하다가 '뭘 하면서 시간을 보내야 하나' 난감해하다가 '자동차 체크할 생각을 왜 못하니, 이 한심한 녀석아!' 다시 나를 꾸짖다가 좀 걷고 싶어졌다. 정비소 근처 율동공원을 찾았다. 공원 한가운데 우뚝 솟아 있는 번지점프대가 눈에 들어왔다.

"준화야, 번지점프할 수 있어?"
"네, 할 수 있습니다."
"한번 뛸래?"
"좋습니다."
"촬영 감독! 카메라 꺼내 봐. 촬영 시작이다!"

번지점프대에 서 있는 준화를 보며 외쳤다.
"준화야~ 뛰어내려~!"
"아악~ 아악~"

준화가 뛰어내리며 소리를 질렀다. 준화 몸이 하늘로 올라갔다 호수로 떨어졌다 출렁이는데 짜릿한 웃음이 터졌다.

"영화를 찍어야겠어. 첫 장면은 이거야!"

갑자기 영화를 찍는다니, 팀원들은 황당한 표정이었다. 콘티 없이 뮤직비디오를 찍으러 가는 것도 난감했는데, 대본도 없이 영화라니. 뮤직비디오를 찍으러 가는 이 과정을 그대로 담으면 로드무비 뮤직다큐가 나올 것 같았다. 이것저것 서로 아이디어를 쏟아내느라 다섯 시간이 금세 지나갔다. 다시 튼튼해진 차를 타고 우리는 남해로 향했다.

내가 연출한 첫 번째 음악영화 〈내가 너에게 배우는 것들〉의 탄생 일화다. 차가 고장나서 일어난, 준화가 번지점프를 해서 시작된, 예상하지 못한 재미있는 필연적 우연.

사실 이 영화는 잔소리에 대한 이야기다. 남해로 떠나기 전날 아내에게 "아이들에게 잔소리 좀 그만하세요"라는 소리를 듣고 마음이 안 좋았다. 아이들을 생각해서 한 말인데 잔소리로 받아들인다니 서운했다. 이 느낌을 영화에 넣어 표현하고 싶었다.

스무 살 어린 준화에게 잘되라고 하는 말들이 준화에게는 스무 살 많은 꼰대의 잔소리로 들리는 설정으로 대본을 쓰기 시작했다. 쉽지 않았다. 운전을 하면서 씬을 생각하고 생각난 씬을 녹음하면 스크립터가 타이핑했다. 차를 타고 가다가 눈에 들어온 장소가 있으면 차를 세우고 풍경을 카메라에 담았다. 그 분위기에 맞는 상황과 대사를 즉석에서 만들어서 바로 외우고 촬영했다. 모든 것이 즉흥이었다.

휴게소씬도 잠깐 휴게소에 들러 호두과자를 먹다가 완성했다.

#8. 휴게소 / 호두과자

휴게소 밖에서 준상과 준화는 우산을 쓰고 서 있다.

준상 (봉지에서 호두과자 하나를 꺼내며) 호두과자 제일 유명
한 데가 어디야?

준화 천안.

준상 천안이야, 호두과자는.

준화 네.

준상 휴게소에서 호두과자는 다 판단 말이야. 근데 천안 호
두과자만 한 그런 맛이 안 나와. 이 호두과자가 나 어
렸을 때부터 지금까지 아직도 나오는 식품이라고. 이
거 잡고 있어 봐. (호두과자 봉지를 준화에게 건넨다) 이
안에 호두가 몇 개 있을 것 같아? 봐봐~. (호두과자를
한 입 먹는다) 없지? 호두가 없어. 겨우 한두 개 씹히나
마나라고. 이게 호두과자냐? 응? (남은 호두과자를 마저
입에 넣는다) 호두과자에 장인 정신이 있어야 된다고.
여기에 진정한 호두가 하나씩 딱딱 박혀 있는! 옛날
엔 그랬단 말이야. 하나를 먹어도 제대로 먹으라고, 알
았어?

준화 (준상의 눈치를 보면서 호두과자를 더 먹다가) 하나 씹
혔습니다.

준상 자랑이냐? 자랑이야? 야! 우산을 잘 들고 있어야지.

나는 어깨 다 맞는데 너는 하나도 안 맞고, 어?

준화 아, 아니, 저도 맞습니다.

준상 항상 들고 있는 사람이 안 들고 있는 사람한테 이렇
게! (우산을 본인 쪽으로 기울이며) 이만큼씩 내주란 말
이야. 어?

준화는 어이없다는 듯 웃는다.

준상 웃냐? 알았어, 몰랐어?

준화 네, (고개를 숙이며) 주의하겠습니다.

준상 에휴, 하나부터 열까지 다 설명해줘야 되냐? (우산을
본인 쪽으로 기울이며) 나한테로 더 오라고 이렇게 더.
너는 젊잖아!

준화 네.

준상 가자!

준화는 준상 쪽으로 우산을 더 기울이고 둘은 걸어간다.

준화 내레이션 모순투성이다. 앞뒤가 안 맞는다. 나도 나이
들어서 저렇게 될까 봐 걱정이다.

점점 준화 쪽으로 기울어지는 우산. 준화만 우산을 쓰고
준상은 비를 맞으며 걸어간다.

휴게소, 호두과자, 비, 우산. 이 네 가지 우연의 요소가 하나의 씬,
잔소리 많은 꼰대 캐릭터를 만들어냈다. 밤마다 숙소에서 그날
찍은 장면을 다 같이 보면서 웃고 또 웃었다. 처음 연기를 하는
준화의 풋풋한 어색함에 웃고, 준화에게 잔소리를 하는 내가 정
말 꼰대 같아서 웃었다.
"사람들이 이거 보고 나를 정말 꼰대로 생각하는 건 아니겠지?"
팀원들에게 물었는데 아무 대답이 없어서 좀 슬펐지만… 웃었다
면 됐다.
이야기의 흐름을 자연스럽게 이어가면서 촬영 감독은 편집을 하
고 오디오 감독은 사운드를 체크하고 스크립터는 대본을 정리하
고 준화와 나는 음악을 만들었다. 하루에 서너 시간밖에 못 자면

서도 각자의 자리에서 대단한 집중력으로 버텨냈다. 우리 모두 어떻게 끝날지 아무도 모르는 이 작업에 묘한 매력을 느끼며 푹 빠져 있었다.

보통 한 번 간 길은 돌아가지 않는다. 그런데 남해에서는 왠지 반대편에 놓고 온 풍경을 놓치고 싶지 않았다. 차를 돌려 오른쪽과 왼쪽의 풍경을 천천히 모두 다 보았다. 덕분에 언덕 위에 있는 조그마한 공방 카페를 발견할 수 있었다.

카페 안에는 수공예품과 그림이 전시 중이었다. 천천히 작품들을 둘러보는데 그림 한 점이 눈에 들어와 한참을 봤다. 파란 바다에 큰 나무가 있고 나무 아래에는 작은 집들이 옹기종기 모여 있었다. 나무 위에는 배와 달이 떠 있는 시공간이 경계 없는 조화로운 그림이었다. 문득 화가가 궁금해졌다. 공방 카페 사장님에게 물으니 60대 화가로 근처에 작업실이 있다고 했다. 그림을 보고 스무 살이나 서른 살 정도의 젊은 화가일 거라고 생각했는데 갑자기 그를 만나고 싶었다. 우리는 바다가 바로 앞에 보이는 화가의 작업실로 발길을 돌렸다.

화가 선생님은 춘천에서 30년을 살다가 마지막 인생을 남해에서 보내려고 내려왔다고 했다.

"춘천에서 젊음을 다 보냈으니까, 그 지랄 같은 젊음을. 그래서 노후는 좀 편안하게, 조용하게, 작품도 해가면서 여기 와서 행복하게 살고 있어요."

지랄 같은 젊음을 보내고 지금은 행복하게 살고 있다는 화가 선생님을 만나고 영화를 어떻게 마무리해야 할지 실마리가 풀렸다. 준화에게 잔소리를 하는 건 잘되기를 바라는 마음도 있지만 젊음이 부러워서라는 것을 알아챘다. 나이 먹고 때로는 아이처럼 유치하고 뻔뻔해지는 이유다. 그냥 단지 하루하루가 지나갔을 뿐인데 어느새 나도 나이가 들었다는 걸 확연하게 느꼈다.

나이를 먹으면 좋은 현상도 있다. 주위를 둘러보게 되고 조금 돌아가게 되더라도 천천히 가는 여유가 생긴다. 나이 든다는 건 결국엔 다시 제자리로 돌아가는 과정이라는 삶의 통찰력을 얻게 된 것이다.

#33. 마지막 날, 석양이 지는 오후

석양이 지는 바다를 바라보며 준상과 준화가 앉아 있다. 바
다에는 젊은 청년들이 모여 물에 빠뜨리기 내기를 하고 있
다. 걸리는 사람을 들어 올려 바다에 내던진다.

준화 내레이션 찰나의 순간처럼 젊음이 지나간다. 내 생각
만은 늙고 싶지 않았는데 나도 모르게 늙어갔구나. 음
악을 한다고 젊어지는 건 아니야. 그건 핑계일 뿐이지.

예상하지 못한 상황과 만남으로 만들어진 이 영화는 준상과 준
화가 서로를 이해하고 준상이 번지점프를 하러 가는 장면으로 끝
이 난다.

누구나 나이를 먹는다. 10대에서 20대를 지나 어느덧 40대가 되
고 또 50대를 지나 60대가 된다. 나는 지금 50대의 한복판을 걸
어가고 있다. 젊음은 나를 지나쳐 갔지만 여전히, 그러나 천천히

재미를 찾으면서 시간을 걷는다. 자유와 틀의 균형을 찾아가며 어떻게 하면 좀 더 재미있게 연기할 수 있을까, 어떻게 하면 좀 더 재미있게 살아볼 수 있을까를 계속 고민하면서.

고마워, 나의 사람들

하루는 부산에서, 하루는 제주도에서 J n joy 20 밴드 공연을 했다. 내게는 새로운 도전이었고 그 시작의 느낌이 좋았다. 계속 도전할 수 있다고 느끼게 해준 순간이 한 장의 사진처럼 남았다. 내가 느끼는 모든 순간을 사진으로 담을 순 없겠지. 많은 기억들이 흘러간다. 도전은 또 다시 시작될 것이다. 배우고, 느끼고, 연습하고, 물어보고, 다독이고, 응원하며, 나는 나에게 더 큰 가능성을 보여준다.

바쁘지만 시간을 소중하게 잘 분배해서 만들어가고 있다. 무리하지 않고 집중해야 할 순간에는 몰입하며, 쉬는 시간에는 잘 휴식하면서 나를 잘 움직이게 한다. 참 중요하다. 나이를 먹으면 무리하지 않는 삶, 순간의 집중, 충분한 휴식 등을 잘 운용하면서 몸을 잘 움직여줘야 한다. 이러한 중요한 것들을 하나씩 몸에 체득하고 내 것으로 만들어야 한다. 그러기 위해서 끊임없이 궁금해하고 연습해야 한다. 알게 된 것들을 앎에서 그치지 않고 몸으로 행하며 시간을 보내야 한다.

어제 공연에서 준화와의 첫 만남에서부터 지금까지 우리가 함께 음악을 하면서 보낸 시간들이 사진과 함께 노래로 흘러나왔다. 참 소중한 인연이다. 더 좋은 음악으로, 더 소중한 친구로 오래도록 함께 작업하고 싶다. 함께하는 혜란, 성훈, 재호도. 이토록 좋은 친구들이 내 곁에 있다는 건 참으로 큰 행복이다. 함께 여행을 떠나고 함께 추억하고 기억할 수 있는 친구들이 있어 좋다. 그리고 어제의 공연은 우리의 노래를 들어주고 공감해주는 관객이 있어 더 행복한 시간이었다. 우리 밴드의 좋은 연주자들 미현, 영호, 택형, 성범, 진자, 이 친구들과도 오랫동안 음악을 하고 싶다. 고마워, 나의 친구들!

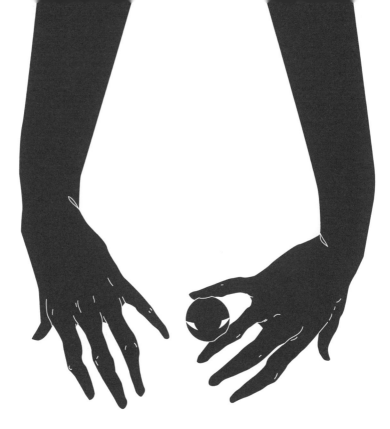

간직하다

우리는 정말 즐겁고 행복하게 공연을 해냈다.

생각했다.

앞으로 계속 할 수 있는 공연일 거라고.

그렇게 커다란 함성과 함께 그 순간들이 지나갔다.

그래야 한다, 그러고 싶다

무엇이었을까,
내가 꿈꾸던 것은.

더 소박하게 이끌어가고 싶다.
그래야 한다고 생각한다.
서서히 끌어가고 천천히 맥을 짚어가는 것.
나의 생각들을 끌어 담고 싶다.

서예를 하고 붓 그림을 그리고 싶다.
아크릴 물감으로 그림을 그리고 싶다.
화려하게 색을 칠하고 싶다.
밋밋한데 여운이 있었으면 한다.
화려한 소박함, 밋밋한 뒷맛.

끊임없이 노래를 만들고 싶다.
아름다운 사진을 찍고 싶다.

그래, 나는 그렇게 끝없이 움직일 거다.

뮤지컬, 드라마, 영화,

그림, 유화, 아크릴, 수채화,

붓글씨, 붓 그림,

음악, OST, 연주곡,

사진, 여행,

글쓰기.

쓰고 싶은 이야기들을 펼쳐내리라.

그것이 내가 서서히 해나가야 할 나의 일이다.

거창하게 말하면 나의 존재 이유.

가볍게 말하면 나를 계속 움직이게 하는 것.

그러고 싶다.

그리하고 싶다.

격리

코로나19 확진을 받았다. 드디어 격리 마지막 날이다. 일주일간의 격리. 단지 몸이 아파 격리된 시간이 아니라, 이 시간을 통해 내가 앞으로 어떤 몸가짐으로 살아야 하는지에 대한 교훈을 얻었다.

처음엔 별것 아닐 거라 생각했다. 하루 이틀이면 낫겠지 싶었다. 이틀째 실제로 몸이 조금 나아지는 것을 느끼고 마음을 풀었다. 그러자 3일째 되던 날 침대에서 일어나지도 못할 정도로 아팠다. 하루 종일 천장만 바라보며 끙끙 앓았다. 몸은 잠깐만 방심해도 큰 일을 치를 수 있음을 몸소 경험했다. 그렇게 천장만 보았던 3일째가 지나고, 4일째가 지나면서 조금씩 회복되는 느낌이 들었다. '이 시간이 지나면 다시 좋은 활력으로 살아가야겠구나'라는 의지가 생기기 시작했다. 이제 내 나이를 받아들이고 그 나이에 맞는 노력을 해야 한다는 걸 알게 되었다.

- 너무 과하게 운동하지도 말아야 하고,
- 사소한 것에 욕심을 내어서도 안 되고,

- 목표한 것들을 빠르게 해나가기보다는 '다가간다'는 마음으로 대해야 한다는 것.
- 소식하고,
- 꾸준하게 운동하고,
- 시간에 얽매이거나 쫓기지 말아야 한다는 것.

올해 정한 화두가 '나를 위해 뛴다'인데 왜 그 말을 썼는지 이유를 알게 됐다. '뛴다'에 강조점이 있는 것이 아니었다. '나를 위해'에 강조점이 있었던 것이다. 나를 위해 뛴다는 것. 무엇이 진정으로 나를 위한 것인지 격리하는 동안 정리했다. 60이라는 나이가 될 때까지 몸에 계속 새겨두고 살아야겠다. 가끔 믿기지 않는 숫자의 나이가 됐지만 그럼에도 받아들이고 나의 에너지를 잘 분배해서 나아가고 싶다.

격리의 마지막 날. 마음이 참 편하다. 목소리에도 다시 생기가 생겼다. 공기를 들이마시는데 바람의 질감이 느껴지고 바람의 향이 몸에 스며든다. 이런 것을 느낀다는 것만으로도 얼마나 큰 축복인가. 또다시 바쁘게 돌아갈 일상들에도 감사하다. 나를 다시금 생각하고, 연기에 대해 더 깊이 고민하고 다가가야 할 시간이다.

"그래, 다시 나를 위해 뛰어!"

테니스

요즘 테니스에 푹 빠져 있다. 온전히 나를 위해 하는 운동이다. 테니스는 삶, 그리고 연기와 많이 닮았다. 연기는 인물을 마주하며 그의 이야기를 통해서 깨닫고 또 반성하고 즐거워하면서 삶에 대한 인식 또한 점차 바뀌어 간다. 격렬하게 테니스를 하는 시간도 끝없이 몰입하고, 연구하고, 체득하기 위해 반복하며 나를 변화시킨다. 함께 테니스를 치는 대학 동기이자 지금까지도 연기와 노래를 함께하고 있는 친구 신승호 교수와 이에 대해 이야기를 종종 하는데 아주 좋은 의견들을 나누기도 한다. 그중 하나는 연기와 테니스의 기본인 '호흡'에 대한 이야기다.

배우에게 호흡은 무엇보다 중요하다. 호흡(呼吸). 들이마시는 숨(흡吸)에 생각이 들어오고, 그 순간을 보고 반응이 나온다. 즉, 숨을 들이마신다는 건 내가 어떤 것을 보았다는 말이기도 하다. 숨이 들어간 순간 '어떤 말을 해야 하지?'라는 생각이 스치고 숨을 뱉으면서 자연스럽게 말을 한다. 결국 내가 어떤 것을 보느냐, 어떤 것을 들었느냐에 따라서 호흡이 나오면서, 그 상황에 맞는 감정(편안한 상태, 화나는 상태, 고요한 상태, 기쁜 상태, 슬픈 상태)

의 고조가 나타난다. 보고 들은 것에 따라서 호흡의 리듬과 템포가 자연스럽게 결정된다. 이것이 이야기를 만들어간다.

호흡은 가장 기초 중의 기초라 평소에도 내가 어떻게 숨을 마시고 뱉는지, 어떻게 말하는지 많이 생각하고 연구한다. 이 간략한 구조를 테니스에 적용해보면 상대방의 공을 보면서 테이크 백(라켓을 뒤로 돌려 칠 준비)을 하는 순간은 '흡'이다. 그리고 어느 타이밍에 공을 맞출 것인가에 따라 방향이 설정된다. 앞으로 칠지, 크로스를 택할지 뒤로 넘길지를 상대의 움직임에 따라 선택한다. 짧은 순간에 판단해야 하기 때문에 일상생활에서 상대와 대화하는 순간과 흡사하다. 연기로 말하자면 상대의 말을 내가 어떻게 받아들이고 어떻게 보느냐에 따라 즉, 인물과 인물 간에 상황에 따라 모든 변화가 순식간에 이루어진다.

중요한 것은 리듬과 템포다. 모두 숨과 관련이 있다. 테니스는 상대가 공을 치기 전 짧게 멈추는 순간이 있다. 공을 보는 정말 짧은 순간인데 그 순간을 놓치지 않고 스플릿 스텝을 해야 한다. 공이 어느 방향으로 오는지, 라켓 면이 어디를 향하고 있는지를 판단해서 미리 방향을 정하고 움직여야 하기 때문이다. 찰나이기 때문에 집중해야 하고 어떨 땐 본능적으로 움직여야 한다. 상대방과 계속 공을 주고받으며 어디로 공을 보내고 어떻게 득점할지를 결정짓는 중요한 동작이기도 하다. 이 스텝이 없어지면 아무리 공을 본다 해도 재빨리 움직일 수 없기에 리듬과 템포가 무너지며 포인트를 잃게 된다.

리듬과 템포의 중요한 역할을 인식하게 해주는 것이 바로 스플릿 스텝이다. 뒤꿈치를 띄우고 양발을 올렸다 내렸다 하는 동작인데 상대의 공이 너무 빠르면 무릎만 이용하거나 몸을 움찔해주는 방법으로 상대의 공격을 나의 역습으로 만들어낼 수 있다. 상대가 느리면 나도 느리게, 빠르면 나도 빠르게, 느린 걸 내가 다시 빠르게, 빠른 걸 다시 조정해서 느리게.
이 과정들은 연기하는 순간들과 똑같다. 일상에서 사람들과 대화를 할 때는 이 모든 것이 아주 자연스럽게 이루어진다. 상황을 보고 듣고 느끼고 말하기 때문에 '홉' 타가 정확히 이루어진다. 하지만 연기는 일상의 대화와는 다르기 때문에 그것을 실제처럼 수행하기 위해 끝없는 반복 훈련으로 터득해야 한다. 일상을 관찰하고 연구와 훈련으로 만들어가야 한다. 부자연스러움에 자연스러움을 실현시켜야 하기 때문에 마치 테니스 기술을 하나하나 익혀도 끝없이 모자란 나를 새로이 발견하는 것과 같다.

삶처럼 변화무쌍한 상황들이 코트 위에서 펼쳐진다. 어떻게 스윙을 하고 어떻게 공을 넘길지 정답은 있지만 그 하나의 정답에 수백 개의 상황이 존재하기에 많은 경기를 경험하고 같은 훈련을 반복해야 한다.

테니스를 치는 매 순간 나에게 말을 건다. 테니스를 치는 사람이라면 너무나 공감할 텐데, 끊임없이 주문을 외우듯 나에게 말하는 것이다.

"공을 보고, 공을 보자. 끝까지. 잔 발, 잔 발. 스플릿 스텝, 스텝, 스텝. 공을 앞으로 맞추자. 할 수 있다, 할 수 있다."

테니스 고수도 자신이 친 샷에 실수가 생겼을 때 스스로 자책하며 잘못된 스윙을 다시 점검한다. 끊임없는 멘탈 싸움이다. 내가 아무리 연기를 30년 했다 해도 완벽에 도달하지 못한다. 그럴 수가 없다. 하지만 공 하나를 정성껏 치라는 코치의 말처럼 내 실수를 계속 체크해서 고쳐나가고 더 디테일하게 만들어가야 한다. 그래야 테니스가 아주 조금씩 늘듯이 연기에도 아주 조금씩 변화가 생길 것이다.

"이제 좀 알 것 같다"고 얘기한 게 수년 전인데 지금도 이제 좀 알 것 같다고 한다. 아마 또 그만큼의 시간이 지나도 이제 좀 알 것 같다고 할 텐데 나는 그것이 내가 계속 발전하고 있다는 증거라고 본다. 꾸준히 훈련을 했기 때문에 그 말을 할 수 있다고 믿는다. 노력이 없으면 아는 것도 없을 테니 이제 좀 알 것 같은 연기와 테니스, 그리고 내 삶을 더 정성껏 만들어 가겠다고, 나를 위해 뛰라고 얘기해본다. 다시 힘내자.

오후의 미련

짧은 기억이 창문에 스칠 때
난 무엇을 했었나

책상 위에 한참 전부터 놓여 있는 물건들
난 무슨 생각을 했었나

내 삶에 묻는다
내 추억에 묻는다
그저 잘 살아왔기를

채워진 일기장엔 지나온 시간만 한가득
다 소유할 수 없음에 훌훌 털어놓고
머뭇거린 눈빛을 조용히 떼내어
나이 듦에 부친다
소중히.

비틀쥬스 12회 차

뮤지컬 〈비틀쥬스〉는 내가 살면서 고민하고 훈련했던 모든 시간들이 무색할 정도로 처음부터 다시 시작한다는 마음을 가져야 했던 작품이다.

'혼신을 다하다.'

그 말이 딱 맞는 표현이다. 비틀쥬스라는 캐릭터가 가진 엄청난 에너지를 표현하기 위해 체력적인 부분도 쉽지 않았다. 음악 템포가 굉장히 빠르고 대사도 많다. 다른 뮤지컬과 비교하면 음악은 보통 2배 이상의 속도고, 대사 또한 쉴 틈 없이 쏟아붓는다. 그리고 나는 연기를 할 때 '왜 이 말을 해야 하지?'라는 물음에 대한 나름의 답이 없으면 제대로 된 연기가 나오지 않기에 이런 이해의 부분들에서도 도전이었다. 자다가도 새벽에 갑자기 눈을 떠 대사를 수십 번씩 되뇌었다.

오늘은 〈비틀쥬스〉 12회 차 공연 날이다. 쫄깃쫄깃했던 낮 공연이 지났다. 한 씬 한 씬 클리어할 때마다의 쾌감이 있다. 그렇게나 많은 공연을 했어도 떨리는 건 마찬가지다. 떨림 속에서도 이겨내고 나아가야 한다. 순조로움을 위해서는 역시 연습밖에는 없다. 하지만 그렇게 했는데도 안 될 때가 있다. 그럴 때면 '이겨내야지' 하는 큰 에너지가 나도 모르게 나온다. 무대는 준비한 만큼 담대함이 주어진다. 매번 이겨내는 과정이 쉽지는 않다. 시간이 지날수록 더 큰 고통을 주기도 하고 또 다른 신선함으로 다가오기도 한다. 고통보다는 신선함이 더 좋지. 그래! 오늘도 그 신선함을 위해 '에라, 모르겠다'라는 마음으로 무대에 오른다.

비틀쥬스 18회 차

맘껏 했다. 피로가 겹겹이 쌓인 몸이지만 맘껏 놀았다. 맞아. 놀아야 돼, 신나게. 그래서 그 에너지가 관객을 통해서 다시 내게 돌아와야 한다. 반응을 기다리지 말고 스스로 완전히 몰입한다면 더 좋은 공연이 될 수 있다는 걸 새삼 깨달은 공연이다.

이제 세 번 남았다. 후회 없는 시간이었다. 끝까지 집중을 잃지 말고 차근차근 해내보자. 확실히 여유가 더 생기는 지점들이 있다. 말을 하자. 생각을 말하자. 즐겁게 임하자. 할 수 있다. 지금까지 잘 해왔고 끝까지 최선을 다해보자.

하루 두 번 하는 공연은 오늘로 끝이다. 큰 짐이었는데 수고 많았다. 이 어려운 공연을 하루에 두 번씩이나 해내다니. 나에게 셀프 쓰담쓰담한다. 잘 견디었고 오늘 저녁 공연도 죽여주자.

쇼 머스트 고 온

드디어 〈비틀쥬스〉 막공이다. 모든 시간과 열정을 바친 몇 달이 지나갔다. 힘든 시기였던 만큼, 어려운 작품이었던 만큼 좌절도 컸고 배운 것도 많았다.

오늘 공연에 오기 전까지 런을 돌면서 감각을 유지했다. 좋은 기운을 만들어야 한다는 생각으로 매일 산에 오르면서 나와의 약속을 지켰다. 코로나로 공연이 중단될 위기에는 간절한 마음으로 기도하며 공연이 올라가기를 바랐다. 매번 발전하는 스스로의 모습 속에서 두려움과 힘든 순간들을 이겨낼 수 있었다.

'여기까지 왔네.'

좋은 공연을 해야겠다는 마음 하나뿐이다. 모든 것을 무대에 쏟겠다는 이 마음가짐 하나로 그간의 시간들을 잘 버텨왔다. 버틴다는 건 얼마나 어렵고 또 얼마나 많은 용기가 필요한 것인가. 함께 고생한 모든 친구들에게 감사한 마음이 크다. 오늘 공연도 관객과 스텝, 그리고 배우가 하나되는 공연이 되길 간절히 바라며, 53세의 내 도전에 끊임없는 박수를 보낸다. 문득 27살에 뮤지컬

〈그리스〉를 했을 때가 스쳐 지나간다. 그때도 정말 에너지 넘치는 젊은 친구 준상이가 대니라는 역할을 소화해내기 위해서 친구들과 함께 새벽 3시까지 연습하고, 다시 이른 아침에 나와서 연습하고, 연습이 끝난 다음 또 새벽까지 연습을 했었다. 함께했던 동료들이 있어 아직까지도 기억에 많이 남는다.

'그래, 내가 그때 그렇게 열심히 했는데 50이 넘은 지금의 내가 다시 또 이렇게 열심히 하는구나. 간절한 마음이 아직도 무대 위에서 펄펄 뛸 수 있을 정도로 남아 있구나. 할 수 있구나. 20대에 치열하게 했던 그대로 지금의 내 나이에서도 할 수 있다니. 그리고 이렇게 해야지만 관객들 앞에 설 수 있구나.'

나에 대해서 다시금 생각해본 시간이었다. 앞으로 어떻게 작업에 임해야 할지 깊게 되새기게 된 소중한 작품이었다.

〈비틀쥬스〉는 그 어떤 공연보다 움직이는 동선이 다이내믹하다. 그래서 정말 많은 큐들을 맞춰야 한다. 대사 한 줄, 손짓 하나, 음향 효과 하나에 장면이 획획 바뀌기 때문에 합이 정말 중요하다. 결국은 타이밍 싸움인데 그 타이밍을 맞추기 위해 반복 훈련을 셀 수 없이 거듭했다.

지금까지는 주로 창작 뮤지컬을 해왔다. 시작부터 함께 공연을 만들어가는 창작 뮤지컬과 〈비틀쥬스〉 같은 브로드웨이 뮤지컬은 조금 다르다. 이미 완성된 공연에 나만의 색을 입혀야 하기에 원작이 원하는 것과 내가 원하는 것의 균형을 찾아가야 한다. 그래서 더 어렵다.

정말 많은 노력을 했다. 연습 마지막 2주는 하루에 12시간 이상 연습했을 정도니까. 말 그대로 연습하고 또 연습했다. 오기가 생겼던 것 같다. 잘 해내겠다는 생각과 더불어 나와의 싸움을 한 건지도 모르겠다. 오히려 그런 과정 덕분에 캐릭터와 작품에 대한 이해가 깊어졌다. 어느 순간 내가 제대로 미치지 않으면 이 공연을 할 수 없겠다는 생각이 들었다. 결국 〈비틀쥬스〉에 완전히 빠져 울고, 웃고, 춤추며 신명나게 공연을 했다.

〈비틀쥬스〉의 메시지는 굉장히 단순하다. 산다는 건 외로운 일이지만 지금 이 순간을 소중히 여기고 즐기자는 것, 어려워도 조금씩 변화하고 행동한다면 삶은 더 가치 있고 아름다워진다는 것이다. 나도 힘든 과정을 지나오면서 눈물 흘린 날이 많았지만 어느 순간 작품이 주는 메시지대로 무대에서 순간순간을 즐길 수 있었다.

마지막 공연을 마치니 너무 아쉽다. 더구나 이 작품은 코로나 시기에 공연이 멈춰지고 다시 공연하고 멈춰지고를 반복하면서 외적으로도 상당히 힘든 시간이었다. 언젠가 다시 〈비틀쥬스〉를 공연했으면 좋겠다고 생각하면서 막공이 끝난 무대에 서서 한참 동안 텅 빈 객석을 바라봤다.

5.

마음이 머무는 곳,

나도 거기에 있다

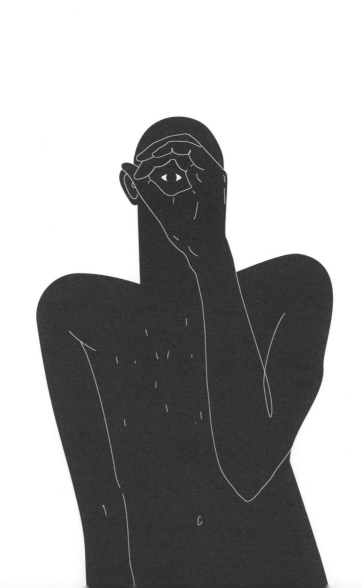

소산 박대성 선생님과의 인연

소산 선생님을 처음 뵈었을 때 '비범하다'라는 말은 이럴 때 쓰는 것이구나 싶었다. 선생님의 단단한 눈동자와 투명한 눈빛, 강단 있는 어조와 말씀에 나는 그야말로 압도당했다. 엄청나게 크고 높은 벽을 만난 느낌이었다. 이야기를 하면 할수록 깨어 있는 진정한 어른이라는 것을 알 수 있었다.

"선생님께서 계신 경주로 찾아가 배우겠습니다!"

첫 인연을 맺은 후 선생님을 뵙기 위해 종종 경주에 갔다. 소산 선생님 댁으로 가는 소나무 길의 고즈넉한 풍경에 항상 마음이 차분해졌다. 선생님의 작업실은 작은 미술관 같다. 한쪽 벽에 큰 소 두 마리가 머리를 맞대고 있는 그림에서 팽팽한 에너지가 느껴진다. 큰 창밖으로 오래된 나무 두 그루와 돌, 대나무 숲이 보인다. 자연의 고요함이 청아하게 소리 없이 아름답게 다가온다.

작업실에서 선생님의 작품을 처음 봤던 날 나는 두 눈이 휘둥그레졌다.

"와! 선생님, 이 그림은 뭡니까?"

"「천지인天地人」 뉴욕 맨해튼에서 빌딩을 올려다보는데 금강산 속에 들어가 있는 느낌이었다. 내가 새가 돼야겠다고 생각해 독수리가 되어서 내려다본 것이다."

"와! 선생님, 너무 대단하십니다!"

"와! 선생님, 이 그림은 뭡니까?"

"「금강화개金剛花開」 내가 물고기가 되어 금강산을 바라보는 엉뚱한 생각을 했다. 물고기가 되어 내 눈이 오목렌즈가 되었으니 이렇게 동그랗게 보일 것이다."

"와~! 선생님, 어떻게 그런 생각을 다 하셨습니까? 정말 대단하십니다!"

선생님의 작품 속에 담긴 큰 깊이와 아름다움은 넋이 나갈 정도로 황홀했다. 선생님의 말씀과 눈빛, 품격에 감탄했다.

"그림을 잘 그리기 위해서는 글씨를 써야 한다. 중봉中峯이 들어가야 한다. 글자 하나하나에 정성이 들어가야 하고 중간중간에 틈이 없어야 한다. 손을 위로 들어 연습해야 한 획 한 획을 느낄 수 있고 더 세차게 전달할 수 있다."

1945년생인 소산 박대성 선생님은 6.25 한국전쟁 때 한쪽 팔을 잃었다. 선생님 나이 네 살 때였는데 충격이 너무 커서 기억을 하신다고 한다. 벼랑 끝이라 여겼던 순간들, 수많은 고난을 겪은 사람만이 보여줄 수 있는 강인함과 고집스러움이 선생님의 그림 속에 있다. 커다란 꿈을 품으며 미치광이 노릇을 했던 억눌렸던 순간과 숱한 번민과 고뇌의 순간들이 전부 들어 있다. 아픔의 순간들, 격정의 순간들을 그림으로 달래며 한 폭 한 폭 그려냈을 선생님의 모습이 눈앞에 그려지는 듯했다. 그 누구도 침범하지 못할 것 같은 정적을 통과하는 것은 오로지 붓을 놓는 찰나뿐이다.

내가 처음 선생님을 뵈었던 2016년 어느 여름에 선생님은 솔거미술관 전시 준비로 바쁜 일정을 보내고 계셨다. 그럼에도 불구하고 기꺼이 시간을 내어주신 선생님께 감사하고 송구스러워서 선생님의 일정에 나도 같이 움직였다. 이동 중인 차 안에서, 식사를 하면서 선생님과 이야기를 나누었다. 선생님의 약속에도 따라갔다. 선생님과 오랜 시간을 함께한 미술 평론가 선생님, 미술학 교수님을 만났는데 "누구를 만나느냐가 참 중요하다"라고 말

쓰하신 것을 직접 보여주시는 듯했다.

선생님과 함께 간 밤바다에서 파도 소리를 3분 33초 동안 녹음했다. 강인한 파도였고 힘찬 에너지에 놀라웠다. 선생님이 말씀하셨다. 이런 곳에 와서 강한 기운들과 에너지들을 얻고 가라고. 아침부터 밤하늘에 별이 뜰 때까지 선생님과 함께했다. 선생님과 함께 있는 시간은 항상 값지다.

거꾸로 법칙

난을 그리는 법을 배우려고 맺은 인연이지만 소산 선생님과 그림 보다 어떻게 살아야 하는가에 대해서 더 많은 이야기를 나누었 다. 그중에서 배우 직업과 관련해서 나눈 소산 선생님의 주옥같 은 말씀을 잊을 수가 없다.

"선생님, 제가 연기한 지 20년이 넘었는데 할수록 어렵습니다."

"내면 철학을 가져야 자연스러운 연기가 나온다. 땀을 흘릴 줄 알고, 죽을 고민을 하며 폭을 넓혀야 한다. 걷어내서 갈고닦아야 한다. 그냥 가는 게 아니고 지고한 피땀을 흘려야 한다. 그랬을 때 속에 씨앗이 맺힌다. 인고가 없이는 안 된다.

말을 한다고 되고 안 한다고 안 되는 것이 아니다. 떠들어서 압도 를 시키는 게 아니다. 우리가 호랑이를 만났을 때 척 보면 압도되 잖나. 호랑이는 영험한 세계, 엄청난 기운을 가졌다. 그 엄청난 기 운에 놀라는 거다. 사람들이 부처님에게 왜 절을 할까? 말하지 않아도 부처님이 우리에게 주는 강한 아우라가 있기 때문이다. 억지로 가질 수는 없지만, 우리가 자꾸 좋은 방향으로 가다 보면 그러한 기운이 나올 수 있다. 그리 생각한다."

소산 선생님이 이어 말씀하셨다.

"나는 접근하는 방식이 다르다."

"어떻게 접근하십니까?"

"거꾸로 법칙이다. 나는 거꾸로 법칙을 굉장히 사랑한다. 남이 도시를 좋아할 때 나는 시골로 가고, 남이 고기 먹을 때 나는 채소를 먹었다. 거꾸로라고 생각하지만, 또 거꾸로는 아니다. 다 연결이 되어 있다. 우리 동양 사상은 원의 사상이다. 원은 앞뒤가 없지 않나. 어디가 시작이고 어디가 끝인지 없지 않나. 기울어진 데가 없다. 밸런스가 딱 잡혀 있다."

"그럼 거꾸로 법칙을 늘 생각하고 계시는 건가요?"

"거꾸로 하겠다고 생각하고 하는 건 아니다. 뭐가 안 풀릴 때. 왜 안 풀리느냐? 내가 과한 욕심을 갖고 있기 때문에 안 풀릴 수도 있고, 택도 안 되는 일을 하려고 하니 안 풀릴 수도 있다. 그럴 땐 한참 물러서야 한다. 그럼 더 빠른 길이 나올 수도 있다. 여러 사람이 그곳으로 가려 하는데 내 역량으로는 도저히 같이 갈 수 없는 곳이라면 멀더라도 다른 길로 돌아가야 한다. 경쟁하지 말고, 경쟁할 필요가 없다. 내가 그렇게 살아왔다.

거기에는 외로움이 붙는다. 인간이 가장 견디기 어려운 것은 외로움이다. 그래서 감옥이 가장 견디기 어렵다 한다. 감옥에는 사람 사이의 관계가 없으니. 그러나 외로운 곳에 내가 회생하는 길이 있다. 그게 뭐냐, 석가의 논리다. 스스로 감옥을 만들어 고행을 해서 득도해버리지 않나.”

“선생님께서는 작업실이 감옥이 되는 거네요. 스스로를 감옥 안에 가두는 것은 너무 힘들고 외로운 일이라 아무나 못 할 것 같습니다.”

“나에게 작업실은 유배지다. 산고와도 같은 창작에 집중하기 위해서는 외로움 속으로 나를 밀어넣어야 한다. 방에서 혼자 그림을 그리는 일을 보통 사람들이 할 수 없는 일이라고 하는데, 그렇지 않다. 할 수 있는 일이다. 나는 고정관념이 나의 가장 큰 적이라 생각한다. 그래서 내가 새가 되기도 하고 물고기가 되기도 하는 거다.”

경지에 다다르는 것에 대해 선생님과 계속 이야기를 이어나갔다.
“세상에 나와서 나를 위해서든 무엇을 위해서든 땀을 흘릴 줄 알아야 한다. 죽을 고민을 해야 한다. 우리는 나하고 관계가 없으면 고개를 휙 돌려버리는데 그러는 게 아니다. 관심을 가져야 한다. 내 폭을 넓혀야 한다."

"네, 관심을 갖고 실천하려고 많이 노력하고 있습니다."

"그래, 준상에게는 그런 게 많이 보였다. 실천하려고 하는 게 많이 보인다. 그게 중요하다. 외면해버리는 거 그것은 굉장히 좋지 않은 습관이다. 관심을 갖고 중요하게 생각해야 한다.

우리가 가는 길이 있는데, 그 길을 알기가 쉽지 않다. 길을 알면 판을 벌리고 키울 수 있다. 그냥 연기하도록 해주느냐, 연기를 넘어서 프로를 능가하는 쪽으로 가느냐 두 가지가 있는데 그것을 선택할 권리는 본인에게 있다. 그것을 제대로 했을 때 엄청난 파워가 나오는 거다. 엄청나게 넓은 삶이 들어온다. 그러기 위해서는 많은 시간 묵언을 해야 한다."

"그런데 저는 배우여서 대사 연습도 많이 해야 하고 말을 안 할 수가 없습니다."

"연습하지 않는 시간에 묵언을 하면 된다. 몇 시간 묵언을 하면 알 수 없는 무언가가 올라온다. 얘기를 많이 하는 사람은 반대로 묵언을 존중해야 한다. 그리고 얼굴을 좋게 해야 된다. 이게 최대의 관건이다, 내 얼굴을 잘 가지고 가야 하는 것. 이게 뭐냐 하면, 내 얼굴에 맑은 것, 밝은 것을 제일 먼저 떠올려야 한다. 밝지 않은 것은 일절 보지 말아야 한다. 그리고 생각을 맑게 해야 한다. 그 영향이 얼굴에 그대로 나타나기 때문이다."

"네, 선생님. 저도 항상 밝고 맑은 생각을 하려고 노력합니다. 제가 어두운 것을 좋아하지 않아서요."

"배고프다고 아무거나 먹고 아무 데서나 자고 그러면 안 된다. 관리를 해야 한다, 철저하게. 거울을 자주 보면서 근육을 살펴야 한다. 싸~악 웃어보기도 하고 좋은 쪽으로 생각을 바꿔서. 그랬을 때 정말 편안한 얼굴을 선사할 수 있다. 그게 명배우다. 안 그런가."

"맞습니다."

"인상을 자꾸 쓰면 팔자가 안 풀린다. 팔자가 눈이 얼마나 밝은데 맑은 데로 가려 하지 더러운 데 가려고 하겠나. 지혜를 가져야 한다. 지식은 너무 복잡하다. 쓸데없는 것 너무 많이 알고 그러면 골 아프다. 그래서 내가 신문, TV를 안 본다. 차라리 선시를 읽는

다든가 좋은 문학, 좋은 명작을 읽는다든가 그래서 저층에서 시공을 초월하는 내 몸 전체에 좋은 기운이 감돌아야 한다. 몸을 관리하는 데 굉장히 신경을 써야 한다. 여러 말할 필요가 없다. 그것이 지혜가 있는 사람들의 소행이다."

"네, 지혜로운 사람이 되도록 노력하겠습니다! 제가 선생님께 정말 많은 것을 배우고 있습니다."

"그래, 나도 준상에게 많이 배운다."

선생님의 말씀이 가슴에 스며들어 나도 모르게 눈물이 났다. 한참 나이 어린 사람에게 "내가 너에게 많이 배운다"라고 말하기란 쉽지 않다. 사람을 대하는 열린 마음, 올곧은 정신이야말로 빛나는 별이다.

소산 선생님을 만나고 나에게 변화가 생겼다. 먹의 향이 좋아졌고 붓의 움직임이 좋아졌다. 화선지에 글을 쓰고 그림을 그리고 명상의 시간을 가지며 고요와 마주하게 되었다. 연기를 하지 않을 때는 말을 아끼고 나보다 어린 친구들의 이야기에 귀를 기울이고 있다. 되도록 소식을 하고 욕심내지 않으며 작은 일에도 감사하는 마음을 표현하려고 노력한다.

언젠가 나와 같이 연기 공부하는 친구를 소산 선생님께 데리고 간 적이 있다. 선생님은 지금도 매일 아침마다 두 시간씩 글을 쓰신다. 나는 선생님이 아침마다 글을 쓰시는 게 너무 대단해서 어떻게 그렇게 하시는지 선생님께 여쭤보면 "뭐 그런 걸 물어보나. 이건 내 일이니까 그냥 하는 거지. 내 일이니까 하는 거야. 이게 무슨 대단한 것도 아니고"라고 말씀하신다.

선생님을 뵙고 온 저녁에 친구가 말했다.

"선생님이 아침마다 글을 쓰듯이 배우도 훈련을 해야 하는데 자네는 매일 그 훈련을 하고 있어."

"맞네, 그러네. 선생님이 매일 붓글씨를 쓰는 것처럼 나도 뭔가를 하고 있네. 앞으로도 선생님처럼 내가 할 수 있는 것들을 계속 찾아서 해야 되겠네."

선생님을 뵙고 오면 많은 걸 느끼고 배운다. 그리고 기운이 난다. 뭔가 잘 안 풀릴 때, 마음이 힘들고 흔들릴 때면 경주에 간다. 찾아뵐 선생님이 계시다는 건 큰 복이다. 이 복을 감사히 여기고 소중히 오래오래 이어가고 싶다. 그리고 소산 선생님처럼 어른다운 어른이 되고 싶다.

다짐

실수를 줄이는 것. 내가 나이를 먹어가며 지키고 싶은 것이다. 그리고 내가 한 실수를 인정하고 싶다.

그토록 많은 생각들을 하고 욕심을 버리고 또 버리고자 노력하는데 난 또다시 괴로워하고 상처받고 상심한다. '괜찮아. 괜찮아.' 스스로를 위로하며 지난 일기들을 펼쳐본다.

그래, 이토록 많은 기특한 생각들을 하며 마음을 비워왔건만 여전히 내 부족하고 못남을 드러내고 불평불만에 휩싸였다. 천천히 천천히. 급하지 않으니까 좀 더 생각하고 고민하고 나를 편안한 상태로 유지해놓으려 한다.

스스로에게 또 이렇게 다짐해본다. 다짐이라는 게 이렇게 허무하게 계속 남발하는 말인 줄 예전에는 느끼지 못했는데 50이 넘어도 그냥 막무가내로 다짐이라니. 웃기다. 그래도 별 수 없다. 다만 좀 더 성숙한 다짐이 필요할 때다.

일기는 나의 길잡이

알 필요 없는 부질없는 말들 한마디가 또 하나 살아서
날 움직인다.
미처 가보지 못한 눈길 너머에 그 발자국을 남겨놓는다.
돌아오거나 돌아서 오거나.

옷자락이 휘날려 만들어낸 경치가 공기를 휘어 감는다.
한껏 들이마신 산소에 녹아 없어지고
쪼개진 초, 분, 시간을 느꼈지만, 그렇다 할 수 없고,
움직였지만, 그게 다가 아닌 시간이 가고 있다.

오늘도 가고 있다.
내일은 오늘이 되니까.
일기 저편에 시간이 다시 오늘이 되고
그 파편들을 모아 잠시 눈감고 길잡이를 붙잡는다.
오늘을 바라보며 내일을 기다릴 테니
끝없는 열정으로 그것을 바라봤음을
기 억 해 주 오.

다만 지키고자 하는 것

내 본심을

잘 지켜야 한다.

본성이 무엇인가를 찾아야 한다.

태어날 때의 때 묻지 않음을 찾아야 한다.

덧없다

잔망하게
나를 낮추고 낮추어 바로 본다.
'참 어리석네.'
또 그대로인 나를 보며
한숨을 짓네.

다시
나를 높이고 높여 쳐다보네.
'참 덧없어라.'
더 오르려고 욕심을 내네.
그 헛헛함에 속이 상하네.

다시
나를 안쓰럽게 연민으로 보네.
'인간이라.'
그게 나이기에 순간을 노래하네.
그리하여 마침내 나를 찾네.

관상; 다시 깨어나야 하는 나를 위하여

지금 소산 선생님께서 글을 쓰고 계신다. 일과의 시작으로 아침에 일어나서 물을 마시고 아침 기도를 하고 바로 글을 쓰신다.

"추사 김정희 선생님 글을 쓴다. 한 획 한 획에 기가 들어가 있어 그걸 따라 쓰면서 공부하는 것이다. 누가 따라올 수 있겠나."

끊임없이 정진하고 공부하고 정신을 채우는 삶을 따라가기 위해 움직여야 한다. 내 나름대로의 규칙을 만들어 철저히 지켜나가야 한다.

첫째, 깊고 오묘한 정신은 고품에서 나온다. 힘든 것이 있어야 영광이 있다. 여러 고통이 나에게 더 큰 힘을 주는 것이다. 정신과 몸은 한꺼번에 가야 한다. 얼굴에 숭고하고 제대로 된 기운을 담기 위해 육체의 욕망을 정신으로 승화해야 한다. 정신력의 진정한 고행이 있어야 한다. 정신은 정말 까다롭고 소중하다.

몸을 낮추고 정신을 키운다. 진정한 연기와 정신은 눈동자에서 나온다. 정신이 살아 있는 배우가 되기 위해 고행을 기꺼이 한다.

둘째, 몸을 갈고 닦기 위해 일단 몸이 덜 피곤해야 한다. 자연식이나 가공되지 않은 음식을 섭취한다. 먹는 것에서도 정신이 나온다. 고기만 먹지 말아야 한다.

셋째, 하루를 여는 기도. 아침에 일어나 환기하며 집 안의 공기를 바꾸고 기도를 하자. 그동안 내가 많이 부족했다. 하루에 10분씩 기도하자. 모든 이들을 위한 기도를 해야겠다.

넷째, 정리. 신발 정리, 이부자리 정리, 방 정리 등 주변을 항상 정리 정돈하면서 일상 속에서 몸과 마음을 가다듬는다.

다섯째, 책을 많이 읽어야 한다. 고수들을 찾아가야 한다. 혼자서는 답이 없다. 책을 읽고 독서를 하고 정신이 넓어져야 한다. 종교나 모든 사상에도 항상 열려 있어야 한다.

여섯째, 걷는다. 사색은 본디 걸으면서 하는 것이다. 걷는 것은 하늘과의 만남이다. 그러니 천문이 열려 있어야 한다. 걸음으로 하늘과 대화한다. 반복은 의지가 있어야 한다. 걷기에 의지를 가지고 반복한다.

일곱째, 큰 뜻으로 살아야 한다. 연기를 하는 목적을 큰 뜻에 둔다. 나의 일신을 위한 것이 아니라 나의 연기를 통해 사람들이 조금이라도 많은 생각을 하게 되고, 그것이 더 좋은 뜻으로 펼쳐진다면 그것으로 충분하다. 내가 하는 일에 큰 뜻과 큰 마음을 찾아야 한다.

여덟째, 조심하고 반성한다. 혼자서 할 수 있는 일은 없다. 많은 사람들의 중론을 모아야 하고, 뜻을 모아야 한다. 그러니 항상 겸손히 반성한다.

신이 나를 이미 접수했다.
나를 확인하지 말고, 나를 철저히 만들자.

묵묵默默히

"그냥 선을 긋는 것이 아니야!
이 선과 저 선,
이 감정과 저 감정이 달라야 해."

소산 선생님의 말씀이 날카롭게 파고든다.
연마하고 연마해도 빈 그릇이다.
아직 멀었다.
다만 묵묵히 그릇을 쌓을 뿐이다.

어느 겨울날

어느 겨울날 소산 선생님을 뵈러 갔다.

"예전에는 설날 전에 제사장들이 마을 사람들을 위해서 산속에서 찬물에 몸을 담그고 기도를 드렸다."

선생님께서는 건강을 위해 산속 물웅덩이 안에 몸을 담그는 수양을 하고 계셨다. 나도 그걸 해보고 싶은 마음이 생겼다.

"선생님 저도 한번 해보겠습니다."

밤 8시가 넘어가는 시간에 갑자기 용기가 생겼다. 어두컴컴한 산길을 작은 랜턴 불빛에 의지한 채 나섰다. 계곡에 도착해 옷을 벗고 살얼음이 떠 있는 차가운 물속으로 들어갔다. 너무 차가웠다. 물이 너무 차가워 아무 생각이 들지 않자, 순간 물의 차가움을 잊을 수 있었다.

그때 말도 안 되는 풍경이 내 앞에 펼쳐졌다. 하늘에 별들이 높이 떠서 마치 서로 신호를 보내듯이 반짝반짝 빛을 내며 한 움큼 모여 있고, 드넓게 펼쳐진 소나무는 마치 하늘에 둥둥 떠서 그 빛들을 감싸주는듯했다. 내 팔에 그 기운이 담기는 순간이었다. 크게 용기를 내어 다시 물속에 몸을 담그고 팔을 높이 올려 차가

움도 찬바람도 겨울도 나도 다 잊은 채 그 시간과 마주했다. 온전한 별과 온전한 나무와 함께 마주했다.

선생님 댁으로 돌아오는 길에 턱을 가만히 두어도 탁탁탁탁 흔들릴 만큼 떨렸다. 그런 나 자신을 보며 크게 소리 내어 웃었다. 도착해 따뜻한 아랫목에 몸을 녹이며 선생님과 많은 이야기를 나누었다. 선생님의 말씀을 다 기록하고 내 머릿속에 담고 싶었지만, 듣는 순간 허공에 돌고, 내 마음에 담겼다 사라졌다. 오늘의 얼음물 수양은 나에겐 참으로 오래도록 기억될 만한 경험이었고, 무지했기에 가능한 시간들이었다. 차가움과 어둠을 이겨낸 그 무지함이 나를 조금 더 좋은 방향으로 이끌었다. 그렇게 하루가 지나갔다.

눈발

어디에 서 있나, 무엇을 바라보는가, 정처 없이. 나를 알 리 없는 무모하고 무심한 어딘가에 내 몸뚱어리 하나 툭 던져놓곤 대책 없는 상념들 속에 휩싸여 갇혀버린 딱한 시간들.

어떤 위로가 필요했을까?
길을 잃듯 나를 잃듯
바람이
하늘이
그 나무가
바다가
사람이
흙이
그리고 비가
스치듯 말없이 나를 인도한다.

뒤돌아 바라본 풍경이 나쁘지만은 않다.
꽤나 그럴듯하다.

첫눈이 내린다.

막막함과 고요함 속을 조심스레 뚫고 지난다.

그 뒤에 내가 있었다.

나의 무게가 조금도 거짓 없이 고스란히 존재하고 있었다.

차가웠으나 따뜻했고,

두려웠지만 괜찮았으며,

두 손은 포근했다.

소리 없는 변화가 차분히 내리고 있다.

마치 저 눈발처럼.

그 기억이 오늘 차분히 내린다.

가볍다

날이 따스하다. 나는 지금 하늘을 바라보고 있다. 하늘 위엔 조그만 달이 보이고 내 머리 위에는 태양이 비추고 있다. 누워서 하늘을 바라본다. 두 시간 후에는 다시 슛이다. 촬영장에는 기다림의 시간이 많다. 몇 시간을 기다려야 할 때는 걷는다. 오늘도 그렇게 나선 길이었다. 한참을 걸어 나왔더니 생각지도 못한 곳에 하늘을 바라보며 누울 수 있는 공간이 있었다.
'좋지 뭐야, 이렇게 하늘도 보고. 아~ 텅 트인 하늘…'
오랜만이다. 햇빛에 눈을 감고 마음을 고요하게 만든다.

아침에는 현대음악을 들으며 찰스 부코스키의 시집을 읽었다. 시집 제목이 《망할 놈의 예술을 한답시고》다. 삶과 죽음의 공존에 대한 그의 시구들이 나약해진 나를 다잡아주었다. 훌륭한 아침을 맞이한 뒤 나온 촬영장. 그래서 그런지 가볍다.
가볍다고 느끼는 것은 나의 의지 때문이지만 나의 의지를 받쳐준 것은 이 하늘과 달, 태양 그리고 한 권의 시집과 음악, 마지막으로 고요한 적막이다.

시선.

나의 시선은 지금 하늘 위에 있다. 온통 파란색과 약간은 흐린 하늘 그리고 흰 빛깔의 하늘. 모두 하늘색이지만 층마다 다 다른 하늘색을 입었다. 그리고 나는 두 발을 쭉 뻗어서 하늘과 맞닿은 선에 다리를 올려놓는다. 머리는 두 손으로 감싼 채 하늘을 더 가깝게 볼 수 있게 들어 올린다. 가만 보니 복근을 만드는 자세다. 이 와중에 또 훈련을 해야 하나? 웃음이 나온다. 이런 자세마저도 나에게는 자유로운 시간이 주는 기쁨이다.

숨을 다섯 번 정도 들이마시고 내뱉어본다. 바람이 내 머릿결을 살살 움직여준다. 차갑지만 차갑지 않은 이 바람이 참 좋네.
'오늘은 좋은 것투성이구나. 그래, 이런 날도 있어야지.'
눈을 감으면 스르륵 잠이 들 것만 같다. 생각지도 못한 곳에서 근래 가장 가벼운 나를 느껴본다. 바람에 내 몸이 살랑거린다. 이렇게 봄이 오는구나.

공연일지

공연 떠면 일지를 쓴다

스무 살 어느 날엔가 무대에 서면서 생각했다.

'시간이 한참 흐른 뒤에 내가 이 공연을 기억할 수 있을까?'

이 공연에 쏟은 열정과 노력, 많은 사람들과의 앙상블을 통한 배움, 아픔, 환희…. 이 모든 것을 내가 잊지 않을 수 있을까? 그 순간만큼은 평생 잊지 못할 것 같다고 생각해도 공연이 끝나고 일상으로 돌아가면 언제 그랬냐는 듯이 잊혀졌다. 공연 포스터를 보면서 '내가 이 공연을 했었구나…', 함께한 친구들을 만나면 '그래, 내가 이 공연을 했었지…' 정도만 생각날 뿐 기억 속에서 사라졌다.

기록되지 않는 모든 것은 사라진다. 기억하기 위해 2000년 초부터 공연일지를 썼다. 처음에는 공연이 끝난 후 생각나는 몇 개의 장면과 기억을 기록했다. 그렇게 7~8년을 쓰다가 어느 순간 대본에 일지를 쓰기 시작했다. 내게 남아 있는 공연일지를 보면 대략 시기는 2010년부터다. '대본에 써놓으면 안 잊어버리겠는데?' 싶어 더 생생하게 기억하기 위해 공연 중 15분 혹은 20분 가량 주어지는 인터미션에 1막에서 연기했던 순간들을 남기기 시작했다.

쓰면서 정말 많은 생각을 한다. 그러다 보면 2막에 대한 태도도 달라질뿐더러 한 달, 두 달 연습했던 시간들이 무대라는 순간과 연결된다. 그 순간을 채워나가는 나의 몸짓과 마음가짐을 있는 그대로 기록할 수 있다. 다시금 정신이 무장된다. 그래서 짧게나마 나를 일깨워주는 공연일지 쓰는 시간이 너무나 소중하다. 해를 거듭할수록 찰나의 인터미션에 일지를 쓰길 정말 잘한 일이라고 생각한다.

몇 년이 지난 공연일지를 찾아본 적이 있다. 신기한 건 지금이나 그때나 똑같은 생각을 한다는 거다. 똑같은 생각으로 공연을 하고 똑같은 문제를 똑같은 방법으로 훈련하고 있었다. 나의 숙제들이 그렇게 일지 속에 고스란히 남아 있었다. 순간 '뭐야, 이거. 어떻게 몇 년이 지났는데도 또 똑같은 질문을 하고 있지? 한결같아 좋은 건가? 아니면 내가 너무 부족한 건가?' 번뇌가 찾아왔다. 중요한 건 나 자신이 어떻게 받아들이느냐다. 설혹 내가 5년 뒤, 10년 뒤에도 또 똑같은 글을 쓰고 있다 해도 끊임없이 풀어가야 할 나의 숙제로, 무대 위에서 해결해야 할 나만의 몫으로 받아들이면 되레 뿌듯함과 동시에 기운이 난다.

기분이 울적하거나 힘들 때 우연히 펼쳐든 책 속에서 나의 숙제와 관련된 어떤 단어나 실마리가 나왔을 때 반갑고 신기한 것처럼 지난 공연의 대본을 펼쳤을 때 당시의 글들이 나에게 "그래, 다시 일어서. 힘내야지"라고 말해준다.

어찌 보면 공연일지는 나에게 보내는 용기와 위로의 편지다. 이 힘든 순간들을 또 해내야 하는 부담감을 덜어주는 편지. 그래서 여전히 일지 쓰는 시간이 내게 너무나 소중하고 귀하다. 앞으로도 내가 해야 할 나의 일이다.

이곳에는 2018년 8월 7일부터 10월 28일까지 총 서른세 번의 공연을 올렸던 뮤지컬 〈바넘; 위대한 쇼맨〉 때 썼던 공연일지 전부를 실었다. 나는 항상 지금 이 순간이 가장 중요하다고 생각한다. 공연일지는 모두 지금 이 순간을 담은 것이다. 거의 매일 같이 일지에 적었던 나를 향한 응원과 격려가 이 일지를 읽는 당신에게도 가닿기를 바라본다.

"다 함께해요, 서커스 인생.

위대한 쇼맨.

돌아가요, 순수했던 사기꾼.

내 삶의 제자리로.

함께해요, 서커스 인생.

끝없는 여행.

관객들을 행복하게 해요.

꿈을 꾸게 해요.

그것만이 우리에게 내려주신 축복.

우리 삶의 이유."

〈바넘〉의 오프닝 송에서

2018년 7월 25일(수) 두 번째 런

첫 런을 하고 일주일 만에 하는 런.

천천히 혹은 빠르게 공연의 느낌들을 하나둘씩 살려가면서 런을 돌았다. 많은 것들이 차분하게 제자리로 찾아간 느낌이다. 더 자신감을 갖고 하나씩 하나씩 만들어야겠다. 상대방에게 집중하고 집중했던 시간. 그곳에서 무언가를 더 발견한다.

극의 흐름을 파악하고 조절하는 것, 상대방을 위해 움직이는 것, 정확한 리액션과 정확한 움직임, 그 모든 것이 조화롭게 이루어질 때 좋은 공연을 만들 수 있다.

2018년 7월 27일(금) 세 번째 런

집중이 좋았다. 아침 11시부터 이르게 시작된 런이지만 좋은 컨디션으로 할 수 있었다. 무엇보다 중점을 둔 건 서로의 호흡을 맞춰보는 것이었다. 그 흐름으로 한 씬 한 씬을 차례차례 만들어갔다. 대사가 꼬이는 부분, 딕션이 문제였던 부분, 2막에서의 리듬 템포를 만들어가는 것에도 신경을 더 써야 할 것 같다.

극의 흐름은 좋다. 빨리 관객과 만나서 이 느낌을 주고받고 싶다. 배우들이 선명함을 찾기 시작한다. 좋은 공연의 결실을 맺도록 문제점들을 끊임없이 고쳐나가야겠다. 힘내자.

지금은 〈삼총사〉 광주 공연을 위해 기차를 타고 간다. 하나의 공연이 시작되고 또 하나의 공연은 끝이 난다. 영원할 순 없으니까 이 시간들을 위하여 나의 최선을 다해본다.

2막에 진지함이 있다고 해서 리듬이 무너지면 안 된다. 감정은 잡고 있으면서 리듬이 진행될 수 있도록. 바넘의 리듬(각 배역의 리듬이 다르다)은 1막과 같은 리듬으로 2막도 흘러야 한다.

2018년 8월 5일(일) PM 2:00   드레스 리허설

공연 전에 자연스레 평안한 마음이 장착되면서 무대 위에서 즐길 준비가 끝났다. 그동안의 연습이 헛되지 않게 감정들을 체크하고, 부족했던 부분은 연습을 통해 감각을 입력시킨다.

순간순간 많은 생각들이 스친다. '어떻게 하면 이 씬이 다음 씬과 더 잘 연결될까?'부터 순식간에 흘러가는 세밀한 포인트를 잊지 않으려고 몰입하고 집중했다.

이제 한 번 남은 런을 더 잘 활용해서 좋은 공연을 할 수 있도록 해야겠다. 굿데이! 수고했어~.

2018년 8월 6일(월) 공연 하루 전   최종 리허설

시작하기 전부터 긴장이 몰려왔다. 몸도 좀 피곤했고 그렇게 열심히 했는데도 뭔가 쫓기는 느낌이랄까. 이 모든 압박감을 이겨내야 한다. 그것 또한 나에겐 주어진 중요한 책임이란 걸 스스로에게 끊임없이 다독이면서 얘기했다. 하지만 공연의 첫 번째 노래가 나오자 리듬과 흐름을 타면서 마음이 가벼워지고 생기가 돌았다. 드디어 바넘을 소개하는 시간. 무대 위에 시간의 흐름이 존재하듯이 이야기의 시간들도 무대에서 흘러갔다. 어느 순간 공연에 흠뻑 빠져 있는 나를 본다.

다시 시작된 2막. 마음을 가다듬고 한 걸음 한 걸음 이야기의 끝을 향해 달려갔다. 템포를 생각하고 리듬을 느끼고 대사를 또박또박 씹어서 말하려는 노력의 순간들이 지나간다. 시간이 지나간다는 것, 공연 속에서 디테일을 클리어한다는 것, 그 모든 책임의 초조함이 무거운 마음을 만든다. 하지만 평온하게 유지해야 한다. 지나고 보면 아무것도 아닐진대 그 아무것도 아닌 아무것이 또 쌓여서 나를 만들 테니 뭐 하나 허투루 보낼 수가 없다.

드디어 내일이 첫 공연이다. 침착하게 오늘의 느낌 그대로 무대에서 피어오르길 바라며 공연을 복기해본다. 수고했어, 준상~! 그리고 우리 최고의 서커스팀 모두~!

2018년 8월 7일(화) PM 8:00 첫 공연

무대에 서기 30분 전 숨이 턱 막혀왔다.

'왜 그러지? 계단을 너무 오르락내리락했나?'

파이팅 콜이 끝난 뒤 마음의 고요를 찾고자 무대 위 계단에 앉아서 차근차근 오늘의 씬들을 그려보았다. 이 씬을 생각하면 저 씬이 생각나고, 저 씬을 생각하면 또 다른 씬이 생각나기를 여러 번. 드디어 공연의 시작을 알리는 오버추어*가 들리고 내 자리에 섰다. 그리고 음악에 몸을 맡겨 춤을 췄다. 막이 열리고 침착하게 완급과 템포를 조절하며 상대 배우들과 합을 주고받고 신나게 공연했다. 1막이 끝나고 주먹을 불끈 쥐었다. '그래, 그동안의 노력이 헛되지 않았어. 또 해내야지!'라는 마음으로 2막을 시작했다. 즐기면서 또는 가슴 졸이며 2막을 끝냈다. 후련하다.

우리 공연은 모든 템포와 리듬을 바넘이 책임진다. 그렇기 때문에 한순간의 방심도 없어야 한다. 씬 목표와 씬의 주된 내용을 향해서 열심히 달려야 한다. 또한 아주 유연하게 씬과 씬을 연결해야 한다. 정말 많은 역할을 해내야 하기에 공연이 끝나는 날까지 연습을 거듭할 도리밖에. 하자! 해내자! 준상!

---

* 오페라나 뮤지컬에서 시작하기 전에 연주하는 곡

2018년 8월 10일(금) PM 8:00 2회 차

오늘 공연이 다가오면서 느꼈던 건 이 공연이 그 동안의 극과는 다른
흐름이란 것이다. 어디에 기대서 작품이 흘러가는 것이 아니라 내가
흐름을 만들어야 하고 극 속의 특정한 장치로 이야기가 흘러가기보
다 바넘의 순간순간의 템포와 뚝심으로 전체를 조화롭게 만들어야
한다. 막중한 임무(?)가 부담스럽다. 하지만 이것 또한 해내야 하는 숙
제고 공부라고 생각한다.
쉽지 않은 공연이다. 매번 관객의 흐름이 바뀔 거라는 연출가의 말이
기억난다. 그것에 영향을 받지 않고 내가 연습하고 연습했던 방향대
로 뚜벅뚜벅 걸어 나가야 한다는 것. 결국 매 공연이 또 새로운 시작
이다. 힘들지만 해내야지.

1막이 끝날 때까지 쉽지 않았던 마인드컨트롤. 내가 흔들리면 안 되
는 이 공연의 성질을 알기에 더 씬과 씬을 타이트하게 넘어가려고 무
던히 열심히도 뛰어다녔다. 2막에서 이야기의 중심으로 넘어서는 과
정에서 관객의 몰입이 느껴졌다. 그 순간부터는 푹 빠져서 공연했다.
막을 닫고 안도의 한숨을 쉬었다. 무사히 공연을 마쳤구나. 매일매일
이 첫 공이다.

2018년 8월 12일(일) PM 2:00 3회차

연습실에서 했던 템포 그대로 무대에 올렸다. 퍼즐이 맞춰지는 느낌이랄까. 연습의 중요성을 다시금 느꼈고 그간 현장에서 얻은 경험치들이 모아지는 순간이었다. 정확한 계산과 타이밍, 그 조화를 찾아야 한다. 그러기에 한순간의 방심도 없이 씬 목표를 향해 달려야 하는 작품. 매 순간이 첫 공 같은 이 작품에 애착이 간다. 인생을 살아오면서 느꼈던 감정들이 고스란히 씬에서도 묻어나오게 될 때는 연기하는 것 이상의 진심이 나를 움직이게 한다.

'아~ 나이 먹었음이리라!'

그럼에도 무대 위에서 지치지 않고 해내야 한다. 다행히 극의 내용상 무대 위에서 지쳐야 할 순간도 나온다. 에너지를 비축할 타이밍이 있으니 좋다. 코미디, 템포, 리듬, 정확성, 딕션, 감정의 전달, 조율, 유연함. 많은 것들이 필요하고 많은 것들을 해내야 한다. 다만 매일의 런을 게을리하지 말고 끊임없이 움직여주길 나에게 당부해본다.

지치지 말자. 힘내자! 준상~ 오늘 공연도 참 수고 많았어. 모두 힘내기를 마음속으로 바라보며.

2018년 8월 15일(수) PM 4:00 4회 차

정확한 타이밍과 적절한 호흡!
공연이 시작되기 3시간 전부터 오늘 캐스팅 멤버들과 열심히 연습했다. 이미 공연을 올렸지만 새로운 멤버 조합이었기 때문에 좋은 공연에 근접하는 템포를 계속 찾아서 연습했다. 리듬과 템포는 어떨 땐 자유롭게, 어떨 땐 수학공식처럼 정확한 타이밍을 요구한다. 참 어렵고도 재밌다.

어느 순간 공연에 흠뻑 몰입해 있는 나를 보면 '연습만이 살 길'이라는 다짐이 헛되지 않았음이 증명된다.

점점 더 공연에 빠져든다. 어떻게 전체를 만들어야 하는지 차차 흐름이 보이기에 매 공연이 기다려지고 또 기다려진다. 여전히 매일 런을 돌고 있다. 그 시간이 더 좋은 공연의 밑거름이 되길 바라며 다음 공연을 준비한다.

2018년 8월 18일(토) PM 3:30 5회 차

유연함은 연습을 통해 얻어지는 결과물이다. 끊임없이 런을 돌며 매 공연을 같은 스피드와 템포로 유지하려고 한다. 조금 피곤하고 지칠 수 있어도 무대 위에서 좋은 공연을 하기 위해선 감수해야 할 내 몫이다.

오늘 좋은 템포를 잘 유지했고 작은 실수가 있었지만 연습을 통해서 극복했다. 반복된 연습이 가능하게 한 유연함으로 잘 대처하며 극을 차질 없이 만들어갔다. 모두가 좋은 공연을 위해 최선을 다하고 있다. 아름다운 순간이다.

수도 없이 대사를 해보고 소리를 체크해서 그 노래에 맞게 만들어 가고, 좋은 정신을 끌어올려 공연에 임하고, 무대에 있는 순간 모든 것을 잊고 오직 지금에만 집중하는 것. 내가 오랫동안 무대에 서면서 중요하다고 느끼는 것들이다. 오늘도 수고했고 또 다른 공연을 향하여 달려가자.

2018년 8월 19일(일) PM 6:30 6회 차

은광이와의 막공이다. 이렇게 빨리 막공으로 누군가를 보낸 적이 없었는데 군대를 가야 하기에 오늘 공연이 막공이 되었다.

오늘 공연은 회전무대가 막바지에 멈춘 것 말고는 템포와 리듬이 좋았다. 이제 공연의 느낌들이 한결 몸 안에 흡수되어 있달까. 이 느낌을 놓치지 말고 최선의 공연이 되도록 힘내자.

콘서트 연습으로 높은 음을 자주 연습하다 보니 공연에도 큰 힘이 된다. 딕션과 소리의 울림, 정서, 느낌들이 더 온전히 나의 것이 되도록 천천히 느끼면서 해보자. 또 시작이다. 힘내자!

2018년 8월 22일(수) PM 6:48 7회차

오늘 낮부터 열심히 런을 달렸다. 이제 혼자서도 매끄럽게 런을 돈다. 그렇게 많이 해도 또 연습하고 싶어진다. 하지 않으면 불안하다. 내일 태풍이 온다니 조금 걱정이 되지만 공연은 어김없이 올라간다. 내 뜻대로 되지 않는 상황들이 참 많다. 그럴수록 나를 더 알아차리고 내 마음을 더 여유롭게 만들 수 있는 방법을 찾아야 할 것이다. 오늘 공연도 최선의 시간이 되도록 마음을 다스려본다. 공연을 한다는 것만큼 소중한 것이 없음을 잊지 말고 항상 감사하고 감사해야 할 것이다. 오늘 또 하나의 공연이 올라간다. 무대 위의 나를 기대하며…. 파이팅!

2018년 8월 23일(목) PM 7:38 8회 차

오늘 아모스 역의 창회와의 첫 공연이라 열심히 씬들을 맞춰보았다.
또 새롭게 공연하는 기분이다. 페어들마다 느낌이 다르고 그것에 반
응하고 만들어가는 순간이 참 재미있다. 오늘 공연도 또 재미나게
해야겠다. 집에서 소리 훈련을 하고 런을 돌고 또 공연장에 와서도
연습해보는 시간들은 매번 똑같이 반복되지만 그때마다 공연은 새
로운 색을 입는다. 오늘도 힘을 내서 멋진 공연을 만들어봐야겠다.
곧 시작이다!

2018년 8월 25일(토) PM 6:18 9회 차

또 공연이 시작된다. 좋은 기운을 팀에게 전달하기 위해선 내가 솔선
수범해야 한다. 좋은 컨디션을 만들고 항상 어디서든 공연할 준비가
되어 있도록 나를 단련시킨다. 오늘도 좋은 공연을 하기 위해 나는
연습하고 훈련한다. 매 씬 매 순간 최선을 다한다는 것, 결코 쉬운 일
은 아니다. 그 동안의 축적된 시간들이 나를 더 채찍질한다. 오늘도
힘을 내자.

자! 이제 공연의 시작을 알리는 소리가 들릴 것이고 나는 또 출발한
다. 그 멋진 시간을 위하여 가보자.

2018년 8월 28일(화) PM 6:53 10회 차

비가 많이 오는 오후. 세상을 살아간다는 건 많은 책임과 과제 속에서 나의 행복을 찾아 떠나는 여행이다. 그 여행 속에서 수많은 일들이 일어나고 수많은 사람들을 만나게 된다. 한 번의 실수로 많은 것들을 잃어버리는 걸 수없이 본다. 그때마다 다짐을 한다. 하지만 자각하지 못할 때도 있기에 스스로를 채찍질하고 내가 하는 일에 책임감을 가진다.

오늘도 공연을 준비한다. 이 공연에서 내가 해야 할 것들을 체크해보고 집에서 충분히 연습을 해온다. 무대에 오르는 마지막 순간까지 점검해보는 태도는 정말 중요한 나의 재산이리라. 게을리하지 않고 성실하게 무대에 임하는 것, 그것은 내가 꾸준하게 가져야 할 책임이다. 오늘 공연도 좋은 공연이 되기를 바라며 관객과 만나는 시간을 기다려본다.

공연이 한 회 한 회 거듭된다. 이제 어느 정도의 탄력이 생겨서 공연
을 쭉 이어나가는 느낌이 매끄럽다. 물론 그렇게 되기 위해선 끊임없
는 혼자만의 런이 필요하지만. 그 연습의 시간들이 고스란히 무대로
올라와 매회 매 씬의 목표를 향해 달려가고 있다.

운동 경기를 볼 때면 선수들이 방심하거나 압박감을 느낄 때 어떻게
대처하는지를 관찰한다. 숱한 연습을 했을 텐데 예기치 못한 상황이
발생해 당황하거나 몸이 굳어져서 자신의 플레이를 제대로 못할 때
가 있다. 나도 그 심정을 안다. 무대도 마찬가지니까. 그 엄청난 압박
감을 견뎌내는 것 또한 선수 개인의 숙제가 아닐까 생각이 든다.

오늘 나도 무대 위에서 그 상황들을 이겨내야 한다. 아무렇지 않게
인물이 되어서 가슴 조이는 상황들과 맞서야 한다. 즐겁게 공연에 임
하고 내 역할을 충분히 한다면 또 이겨낼 수 있을 것이다. 매 순간 나
와의 싸움이지만 그걸 또 이겨내고 마주서야 한다. 오늘은 몸이 조금
아프지만 역시 이겨내야 한다. 힘내자, 준상! 오늘을 위하여, 우리의
공연을 위하여.

2018년 9월 2일(일) PM 1:34 12회 차

9월이 되었다. 바람이 선선하고 햇빛이 좋다. 오늘은 이른 시간의 공연이라 아침에 일어나서 부지런히 공연 준비를 했다. 다시 또 시작되는 공연! 설레면서 또 부담이 되지만 그걸 이겨내고 나아가는 시간들을 즐길 뿐이다. 오늘은 어떤 공연이 될까!

생각해본다. 매회 최선을 다하는 것만이 답일 뿐 다른 건 없다고. 공연을 하는 것처럼 행복한 건 없으리라. 힘내자.

9월의 첫 공연이다. 또 첫 무대인 것처럼 임하자. 준상, 오늘도 파이팅이다. 시간은 흘러간다. 그 시간이 후회로 남지 않도록, 내가 모으고 쌓아가는 모든 것이 나의 길이 되도록 열심히 해내자. 곧 무대에 오른다. 오늘도 파이팅!

가을을 흠뻑 느꼈던 오전 오후의 시간이 지나고 지금은 극장으로 와서 공연 준비를 하고 있다. 매번 소리 훈련을 하면서 정확한 피치와 소리의 세기, 굵기 등을 점검해보고 감정을 표현해보면서 더 질감이 좋은 소리를 찾으려고 애쓴다. 오늘도 끊임없이 대사를 외워보면서 느낌들을 찾아보고 표현해본다. 감사하고 감사한 시간들이 지나간다. 열심히 준비한 만큼 오늘도 좋은 공연이 될 수 있기를 바라본다. 매번 느끼는 생각이지만 항상 같은 컨디션으로 공연을 한다는 것이 얼마나 큰 축복인가를 생각해본다. 그만큼 관리가 참으로 중요하다. 꾸준히 노력하는 것보다 중요한 건 없다는 사실을 오늘도 어김없이 깨닫는다.

2018년 9월 7일(금) PM 9:17 14회 차

에너지를 가지고 모든 상황들을 믿고 움직이는 것! 너무 중요하고 매번 공연을 이런 자세로 임해야 한다는 걸 또 한번 느낀다. 끊임없는 연습 속에 단련된 캐릭터를 무대 위에서 쏟아내는 것, 그것이 얼마나 중요한가.

〈바넘〉은 공연이 어려운 만큼 헤쳐 나가고 이겨냈을 때 그 과정 속에서 스스로 크게 발전할 수 있음을 알게 한 공연이다. 더 최선을 다해서 무대에 집중하자. 이 모든 것이 앞으로 내가 어떤 무대에서건 스스로를 체크하고, 힘든 과정을 극복하는 자양분이 될 것이다. 더 힘을 내고 더 뛰자. 다시 2막이 시작이다. 끝나는 순간까지 무대에서 열정을 불태우리. 파이팅! 파이팅!

며칠 전부터 몸이 좀 안 좋았는데 오늘 몸살이 왔다. 식은땀이 나고 목이 따끔거린다. 집에서부터 계속 대비를 하고 왔지만 아픈 거는 어쩔 수가 없다. 그래도 소리는 잘 나오는 걸 확인했으니 최선을 다하는 수밖에.

공연의 반을 향해 달려가고 있다. 지금까지 한 공연 한 공연 쌓아온 것처럼 오늘도 좋은 공연이 되기 위해 열심히 달려야겠다. 수많은 아픔과 병들과 싸워왔다. 이겨내야지. 편안한 마음으로 무대에 올라야지. 바넘의 공연이 나에게 많은 숙제와 공부를 남긴다. 그만큼 소중하고 행복한 공연임에 틀림없다.

"오늘을 위해 최고의 공연을 준비했습니다."

바넘의 대사처럼 최선을 다하는 공연이 되었으면 좋겠다. 결국 그런 시간만이 내가 오래도록 무대에 설 수 있는 힘이 될 테니까. 오늘도 아프지만 파이팅이다.

2018년 9월 11일(화) PM 7:12　16회 차

몸살 때문에 걱정이 이만저만이 아니다. 이겨내야 되는데 뜻대로 되지 않는 몸에 화가 나기도 한다. '욱' 친구가 날 계속 부른다. 웃픈 현실. 이겨내야지. 이겨내야지. 오늘만 잘 지나가면 다시 몸 상태를 회복시킬 수 있을 것 같다. 좋은 패턴으로 공연을 하고 있다. 딱딱 들어맞는 순간이 즐겁다. 2막도 힘내자!

몸은 아팠지만 끝까지 최선을 다하며 나와의 싸움을 했다. 일단 소리가 마스케라*로 나온다는 건 아주 좋은 소식이다. 소리를 증폭시키는 것을 공연을 통해 익혀나가고 있다. 굳이 연구개를 따로 들려고 하지 않아도 이미 들려 있는 방향으로 소리가 나간다. 마스케라를 활용해 소리를 내고 있기 때문에 훈련이 잘 되어서 높은 소리도 무리 없이 나오고 있다. 가성을 낼 때는 소리의 폭을 좁힌다는 느낌으로 음을 잡아준다. 마스케라 방향으로 소리내는 훈련을 게을리하지 말자.

---

* 　마스케라Maschera는 이탈리아어로 가면이라는 뜻이며, 비강을 올려 얼굴 앞으로 소리를 내는 것을 말한다.

2018년 9월 13일(목) PM 7:02 17회 차

참 빠르구나. 어느덧 17회다. 요즘 콘서트 연습을 하면서 소리의 결이 좋아지고 있다. 마스케라로 저음, 중음을 끊임없이 잡아주고 아래와 위의 균형을 잡아주다 보니 소리의 중심이 잘 잡히고 있다. 공연에 응용했을 때 훨씬 효과적임을 느낀다.

이 공연은 꼭 재연을 했으면 좋겠다. 지금보다 훨씬 좋은 퀄리티의 공연이 나올 것 같다. 그래도 지금 이 순간의 짜릿함은 오직 지금의 무대에서만 맛볼 수 있는 기쁨이리라. 오늘 공연도 힘을 내자. 열심히 소리 훈련을 했고 지금도 또 대사를 중얼중얼댄다. 오늘도 신나게 해내자.

좋은 바람, 하늘의 빛, 선선한 가을. 이 가을이 오래가진 않겠지만 2018년의 여름과 가을을 이렇게 열심히 보냈다는 걸 잊지 말자!

오늘도 낮부터 열심히 몸을 풀고 목을 풀었다. 오랜만에 우리 동우를 만나서 너무 즐거웠고 녀석들과 땀을 뻘뻘 흘리며 축구도 열심히 했다.

소리가 마스케라로 나가는 것에만 너무 집중하면 자칫 코로 소리가 나가면서 밸런스가 무너질 수도 있음을 경계해야 한다. 정확하게 배에 힘을 주면서 좋은 호흡의 길을 찾아가는 것이 중요하다. 위와 아래의 소리를 균형 있게 내보내고 컨트롤하면서 마스케라로 쭈욱 뻗어낸다. 소리의 질감이 점점 좋아지는 것을 내 몸에서 그대로 받아들인다.

공연을 꾸준히 하기 때문에 내 것으로 만들 수 있었다. 공연의 부담감과 싸워야 하지만 그럼에도 공연을 하기에 이 모든 문제들을 알게 되고 컨트롤하는 힘이 생긴다. 비가 오는 토요일 오후다. 오늘 공연도 힘을 내자, 준상!

2018년 9월 18일 (화) PM 6:50   19회 차

소리 훈련을 끊임없이 하고 있다. 결국 마지막에 소리를 낼 때는 수학공식처럼 움직이는 게 아닌, 내가 할 수 있는 자연스러움을 최대로 끌어올려야 한다. 연습하고 연습하고 연습하다 보면 찾아지는 것들이 있다. 그걸 찾고 또 다른 문제점들을 찾아가는 과정이 배우 수련의 길이 아닐까 생각해본다. 오늘 공연도 최대한 자연스럽고 좋은 공연을 만들기 위해 준비하고 있다.

인생을 살면서 느끼는 것들이 있다. 좌절 혹은 나를 힘들게 하는 것들을 과감하게 또는 아무렇지도 않다는듯 툭툭 털어내고 이겨내야 된다는 것. 그 힘듦의 순간이 짧아야 한다는 것. 또 나를 일깨워주고 무언가를 계속 연습하고 갈망하는 것이 참으로 중요하다는 것. 오늘 하루 속에서도 그것들을 찾아본다.

드디어 20회. 시간이란 건 무엇으로, 어떻게 출발하게 되는 걸까?

오늘도 땀을 흘리면서 연습을 하고 곧 다가올 공연을 준비한다.

악보의 선율을 따라 부르는 것은 또 하나의 과제다. 이리 오래도록 노래 연습을 하고 배워왔는데도 더디다. 이제부터라도 이 흐름을 잊지 말고 노래해야지. 그리고 실전에 투입시키자.

지난번 공연은 자유롭게 내 느낌들과 에너지를 빠르게 또 천천히, 강하게 또 약하게 쥐락펴락했다. 아마 내 몸에 고스란히 저장되어 있을 것이다. 다른 영화나 드라마 촬영을 할 때도 잊지 말고 사용해보자.

나는 또 길을 걷는다. 길을 걷기 위해 걷는다. 내가 만들어가는, 내가 선택한 길이다. 끝이 없기에 끝나는 순간까지 길을 걷는다. 오늘도 힘을 내자. 준상. 지치지 않기!

2018년 9월 22일(토) PM 2:11 21회 차

관객들의 호흡과 템포를 다 알 수는 없지만 내가 지금 공연하고 있는
상황 속에서 믿음을 가지고 움직여야 한다는 건 분명하다. 나와의 싸
움에서 계속 그 끈을 놓지 않고 간다는 것이 참으로 중요하다는 걸
느낀다. 오늘도 새로운 마음으로 새로운 공연을 하기 전이다. 변함없
이 소리 훈련과 딕션 체크 등등을 하면서 좋은 컨디션을 만들어가고
있다.

공연을 한다는 것은 끊임없이 나를 만들어가는 것이다. 안 되는 것이
되는 순간이 있고 또 되었던 것이 안 되는 순간들이 있다. 그 차이를
좁히면서 항상 최선의 순간을 만들어가고자 한다. 최선을 다했을 때
새롭게 발견하는 것이 있다. 그 순간에만 나타난다. 그것을 다시 만나
기 위해서는 숙제를 하고, 노력을 하는 방법 외엔 다른 길이 없다. 어
렵지만 도전해볼 만하다.

2018년 9월 28일(금) PM 7:27 23회 차

이제 공연의 2/3를 지나고 있다. 공연을 할 수 있다는 것에 대한 감사와 더불어 오늘 공연의 목표를 잊지 않고 무대에서 실현하자는 다짐을 해본다. 매번 달라지는 관객과의 호흡, 모든 배우들과의 합, 이 모든 것의 중요함을 다시 한번 새기는 순간이다.

공연 외적으로 받는 영향을 최소한으로 줄여서 공연의 질을 높이는 것 또한 중요한 과제다. 정신력과의 싸움에서 스스로를 또 한번 이겨나가는 순간을 맞이해보자.

요즘은 드라마와 영화를 다시 하고 싶은 마음이 커져간다. 그만큼 연기에 대한 열정이 있다는 거겠지. 더 힘을 내자.

2018년 9월 29일(토) PM 6:39 24회 차

'에라, 모르겠다'라는 마음가짐이 중요한 때이다. 너무 많은 것에 얽매이지 말고 준비한 걸 쏟아부을 땐 배짱으로 부딪쳐야 한다. 조금은 내려놓고 더 대담하게 마주하리라!
힘든 순간들이 찾아와도 흔들리지 말고 내 것을 충실히 해나가면서 아무렇지 않게 넘기고 받아들이려고 한다. 앞으로의 남은 배우 생활에 큰 의미가 될 수 있는 선택일 것이다.

오늘도 어제에 이어 공연을 한다. 매 순간 집중하고 씬 목표를 향해 달려가는 것이 얼마나 중요하고 소중한가를 몸소 느끼는 요즈음, 나와의 싸움은 계속된다.

2018년 10월 7일(일) PM 11:06 25회 차

일주일 만에 하는 공연이다. 일본에서 콘서트를 하면서 인이어를 착용하고 노래했는데 소리의 작은 것까지 표현하는 방법을 찾았다. 큰 소리를 낼 때는 마음에 부담이 가거나 소리를 이기려고 무리하는 경우가 있는데 인이어를 쓰면 컨트롤을 하게 되어서 목도 보호하고 좋은 소리를 낼 수 있다. 오늘 공연에서도 소리의 결과 연기의 호흡을 내가 원하는 방향대로 낼 수 있었다. 1막 엔딩에 노래가사 "또 다른 기회"의 '회'를 바로 내는 게 아니라 호흡으로 슬쩍 올리면서 감싸준다. 그리고 바로 다음에 나오는 "난 죽지 않아"에서 '난'을 '나안'으로 양팔로 감싸 안는 듯한 소리로 낸다. 소리와 움직임은 함께 만들어 가는 것임을 또 한 번 알게 되었다.

나를 기다려준 배우들과 스태프들이 참 고맙고 반가웠다. 오늘 공연도 최선을 다한 모든 순간이 행복했다. 매회 많이 배우는 공연. 힘들지만 해내는 순간이 행복하다. 오늘 1막은 63분, 2막은 62분 신기록이 나왔다.

2018년 10월 10일(수) PM 6:35 26회차

건강하다는 건 얼마나 중요한가. 나를 열심히 돌보고 나를 아낀다는
건 또 얼마나 중요한가를 느낀다. 건강 또한 내게 주어진 책임 중에
하나다. 오늘은 조금 우울한 느낌이 들지만 공연을 하기 위해 스스로
를 다독이고 있다. 힘을 내자. 너무 분주하지 않게 내가 할 수 있는 선
에서 나를 풍요롭게 만들자.
공연이라는 건 얼마나 커다란 무게인가? 혹은 얼마나 즐거운 행위인
가? 그 줄타기 사이에서 나는 맘껏 움직인다.

주위의 사람들이 어느 순간 병이 들고 쓰러지고 힘들어하는 모습을
본다. 나도 마찬가지일 수 있다. 생각지도 못한 순간들이 언제 찾아올
지 모르는, 모든 순간을 대비할 수 없는 연약한 인간이기에 그 연약
함과 싸우고 나를 강하게 만들어야 한다. 이 무대 또한 그러리라. 오
늘도 내게 주어진 공연을 위해 다시 한번 힘을 내본다.

2018년 10월 12일(금) PM 6:30   27회 차

바람이 쌀쌀하게 스친다. 참 시간 잘 가. 오늘이 지나면 바넘도 2주가
남는다. 잘 견뎌왔고 끝까지 힘낼 거라고 스스로를 토닥토닥한다.
오늘도 어김없이 연습을 하고 나를 좋은 공연의 상태로 만들어놓는
다. '나를 더 좋은 공연의 상태로 만드는 힘.' 그 정신과 육체의 조화
를 잊지 말자. 50이다. 이젠 점점 더 모든 것들을 조심히 접근하고,
돌다리를 두드리듯 천천히 다가가야 한다.
무대에서 더 자유롭게 움직이려면 끊임없는 연습뿐이라는 걸 시간
이 흐를수록 알게 된다. 인정하고 나를 더 발견하고 발전시키자. 무
뎌지지 않게 더 융화되어야 하고 더 열려 있어야 한다. 오늘도 이렇게
공연을 맞이한다.

2018년 10월 16일 (화) PM 6:55   28회 차

막힘없이 시간이 지나가고 막히는 부분에서도 예외 없이 시간이 지나간다. 무엇을 어떻게 해야 할지 모른 채 시간과 마음이 동시에 빠르게, 아프게 지나간다. 많이 배운다. 삶에 대해서, 이야기에 대해서, 나에 대해서.

다시 공연을 준비한다. 머릿속에 잡다한 생각들을 비워내야 한다. 집중하고 몰입하자. 주위의 환경이 도와줘야 하지만 그것이 안 될 때는 이겨내는 힘을 내가 가지고 있어야 한다. 오늘도 나와의 싸움, 내 시련과의 싸움이 시작된다. 이겨내고 이겨내기를 수십 번 수백 번 그러고도 나는 다시 그 자리에 서 있다.

해내야지! 해야지! 하자!

나를 꽉 부여잡고 외쳐본다. 해내자!

오늘도 시간이 지나가고 그 어딘가에선 내가 모르는 사람들도 또 힘을 내려 한다. 나는 그저 내 길을 묵묵히 가야지. 그래야지. 그래! 오늘도 공연은 시작된다.

바람이 쌀쌀하다. 마음도 쓸쓸하고. 내가 왜 50이 됐을까? 피곤해지
는 날이 더 늘어나고 하품도 많이 한다. 그래도 또 슬기롭게 이겨내야
지. 극복해야지. 스스로를 다독인다.

오늘 공연에 집중하기 위해서 기운을 북돋우고 끌어내야 한다. 공연
장에 오기 전 소리 훈련을 열심히 했고 정확한 발음을 위해 계속 대사
를 읊조렸다.

힘들어지는 몸을 '다시 좋은 컨디션으로 만들어야지. 그래야지' 하
면서 나에게 말을 건넨다. '준상! 오늘 공연도 또 최선을 다해서 열심
히 해야지. 좋은 공연을 만들어야지.'

그러다가 어느 순간엔 '에라 모르겠다. 될 대로 되라' 하고 나를 놓아
준다. 그래 모르겠어. 하지만 열심히 한다는 건 꼭 놓치지 말고 마음
편하게 해. 부담 갖지 말고…. 날도 추워졌으니 몸 조심하고, 힘내,
준상. 오늘도 파이팅.

금요일에 큰 교통사고가 있었다. 다행히 다친 사람 없이 해결됐지만 안전벨트의 소중함을 새삼 느꼈다. 건강하게 활동을 하고 살아갈 수 있는 것만큼 중요한 게 어디 있을까? 하루하루 순간순간의 소중함을 느낀다.

오늘은 이른 낮 공연이라 목 관리가 중요한데 어제 민재와의 좋은 시간(지하철을 타고 공연 보고 오기)을 보낸 덕분에 힘이 생겼다. 공연이 끝난 후 이성준 감독 콘서트에 게스트로 간다. 바쁜 하루지만 참 소중하구나.

오늘 공연이 지나면 세 번 남는 바넘 공연. 언제 다시 할지 모르기에 아쉽고 그 아쉬움만큼이나 힘이 든다. 무대에서의 많은 순간들이 내 몸에 콕콕 새록새록 저장된다. 오늘도 최선을 다해서 좋은 공연을 만들고 싶다. 나는 다시 시작한다. 그럴 정도로 고마운 날이다.

마지막 주 공연이다. 요즈음 드는 생각은 무사히 하루를 건강하게 보내고 내 일에 몰두할 수 있기를 바랄 뿐이다. 그리고 주변의 상황들도 온전하게 돌아가기를 바란다.

너무 큰 바람일까? 주변의 일들로 상처받는 상황들이 배우의 일을 하고 있는 나에게 때론 조금 버겁다. 그럼에도 오늘 낮에 열심히 런을 돌고 소리 훈련을 하고 콘서트 연습도 하면서 머릿속의 잡념들을 이겨냈다. 그래, 이겨내야지. 상황이 안 좋을 수도 있고 좋을 때도 있고 서로가 서로에게 힘이 되고 격려해주고 이겨내고 사는 거지. 이번 작품에서 참 많은 것들을 배운다.

이제 세 번 남았다. 더 충실히 한 씬 한 씬 해나가자. 좋은 공연이 될 수 있도록 집중해야지. 또 나와 약속하는 시간이다.

두 번의 공연이 남았다. 어제 공연에서는 긴장이 소리의 딕션을 방해했다. 조금 대사를 씹었는데 분명 공연 전 그렇게 연습을 많이 했는데도 실수가 생기는 걸 보니 참 쉬운 게 없다. 다시 마음을 가다듬고 오늘의 공연을 준비한다.

정확한 딕션을 위한 훈련, 소리가 잘 나가기 위한 자세 훈련(나이를 먹을수록 머리와 목, 등이 앞으로 가기 때문에 노래할 때 특히 신경을 써서 몸을 잡아줘야 한다. 정수리에서 머리카락을 위로 잡아당기듯 올바른 자세를 해야 목이 열린 상태의 소리를 더 잘 전달할 수 있다), 소리의 유연성을 위한 훈련 등 많은 훈련을 해야 하나의 공연을 완성할 수 있다.

오늘 공연도 집중하고 집중해서 좋은 공연이 되기를 간절히 바라본다. 오늘도 파이팅! 다 함께해요. 서커스 인생, 위대한~ 쇼맨!

2018년 10월 27일(토) PM 7:21 33회 차

막공이다.

기분이 좋아야 하는데 여러 가지 일들로 마음이 가라앉는다. 마음을 다스리고 또 내게 힘내라는 주문을 되뇐다.

온 힘을 다했던 공연이기에 마지막이 너무도 아쉽고 쓸쓸하다. 오늘 끝나는 시간까지 최선을 다해 공연하리라. 지나가는 시간은 지나간다. 지금 이 순간의 공연을 위해 난 오늘을 준비했고 또 여느 때처럼 무대에 오른다.

항상 해왔던 공연의 흐름으로 최선을 다하리라. 오늘도 힘을 내자. 준상. 함께한 모든 친구에게 고맙고 고맙고 또 고맙다. 바넘! 안녕~.

나가며

'나를 위해 뛴다.'

작년 한 해의 화두가 되어준 문장이 이 책의 제목이 되었습니다.

저는 이제 새로운 시간을 만나보려고 해요.

한없이 뛸 수만은 없으니까요.

여러분도 꼭 여유로운 시간들을 만나시길 바랍니다.

그것도 나를 위해 뛰는 시간이라 생각하면 좋지 않을까요.

저도 그래볼게요.

많은 분들이 함께 도와주셔서 만든 책입니다.

저에게는 참 소중하네요.

그분들께 다시 한번 감사드립니다.

저는 여전히 끊임없이 삶을 탐구하고 사색하면서

더 나은 사람이 되기 위해 노력하겠습니다.

건강하세요.

반평생을 살아보니 건강이 제일 중요하더라고요.

우리 또 만나요. 그럼, 안녕.

준상으로부터